Eine Dienstreise, eine Flucht aufs Land oder doch ein Stadttrip nach Madrid? Sandro Litscheli verschwindet und sagt allen, er fahre weit weg. In Wirklichkeit begibt er sich in die Obhut eines alten Freundes, eines Arztes. Bei ihm kann er dem Alltag entfliehen, bis dieser ihn nicht mehr vor der Realität bewahren kann.

»Ich fahre nach Madrid« wurde 1982 in einer Literaturzeitschrift publiziert und sorgte für großes Aufsehen. Zugleich wurde der Text zur »Besten Erzählung des Jahres« gekürt.

Heute lässt sich der Text wie damals als eine Form der Regimekritik lesen, aber überraschenderweise genauso als eine Geschichte über die heutigen Anforderungen der Arbeitswelt – und wie man ihnen entfliehen kann. Zugleich ist die Novelle ein glühendes Plädoyer für die Kraft der Fantasie.

Naira Gelaschwili wurde 1947 in Ostgeorgien geboren, seit 1954 lebt sie in Tiflis. Sie studierte an der Staatlichen Universität Tbilissi Germanistik. Von 1975 bis 1981 lehrte sie an der Tbilisser Universität, 1982 bis 1990 war sie Redakteurin und Übersetzerin im Staatlichen Übersetzerkollegium. Sie gründete 1993 das Zentrum für kulturellen Austausch »Das Kaukasische Haus« in Tiflis, das sie bis vor wenigen Jahren leitete. Von 1992 bis 1994 war sie Beraterin des georgischen Präsidenten für Kulturpolitik und nationale Minderheiten. Sie publizierte zahlreiche Romane und Erzählungen und wurde mehrfach ausgezeichnet. Auf deutsch erschien von ihr das Buch »Georgien – ein Paradies in Trümmern« (1993), zudem gab sie georgische Erzählungen des 20. Jahrhunderts heraus, zuletzt der Roman »Ich bin sie« (2017).

Naira Gelaschwili

Ich fahre nach Madrid

Novelle

Aus dem Georgischen übersetzt
von Lia Wittek
und Mariam Baramidse

VERBRECHER VERLAG

Erste Auflage
Verbrecher Verlag Berlin 2018
www.verbrecherei.de

Gestaltung, Einband und Satz: Christian Walter
Druck: CPI Clausen & Bosse, Leck

ISBN: 978-3-95732-308-8

The book is published with the support of the
Georgian National Book Center and the
Ministry of Culture and Sport of Georgia

GEORGIAN
NATIONAL
BOOK
CENTER

Printed in Germany

*Der Verlag dankt Insa Hansen-Goos,
Lucia Müther und Hannah Vogel.*

Im Büro

Innigsten Dank, Herr Simon, innigsten Dank, für Ihr Verständnis ... Ich weiß ja, was ausgerechnet jetzt, wo wir alle Hände voll zu tun haben, ein zweiwöchiger unbezahlter Urlaub bedeutet ... Befände ich mich nicht in dieser ausweglosen, wirklich ausweglosen Lage, würde ich Ihnen allerdings keine Sorgen bereiten! Recht schönen Dank, das werde ich Ihnen niemals vergessen ... Aber wenn Sie schon so gut zu mir sind, darf ich Sie vielleicht um einen weiteren Gefallen bitten? Ich will nicht, dass unsere Kollegen wissen, wohin ich fahre. Es ist ja Herbst, verstehen Sie, und jeder möchte so gern aufs Land fahren, doch dort, auf dem Dorf, werde ich kaum die Gelegenheit haben, Besucher zu empfangen. Ich habe ja erzählt, was mit meiner Mutter passiert ist, jede Minute kann das Entsetzliche geschehen ... Gott, sie ist alt, ja, aber sogar der Gedanke daran erschreckt mich ... Sie verstehen doch, Herr Simon, niemand kann die Mutter ersetzen, solange sie lebt, ist man weder Waise noch obdachlos, ohne Mutter aber ... abgesehen vom Alter ... Aber wem sage ich das! Sie haben ja auch im vorigen Jahr die Mutter verloren ... Wenn ich jetzt allerdings allen sage, warum ich fahre, dass meine Mutter schwer krank ist und ich mich um sie kümmern muss, Sie wissen doch, alle werden sich Sorgen machen, mir ihre Hilfe anbieten, mir Medikamente und Ärzte empfehlen, das will ich auch nicht … Ich möchte die Leute nicht beunruhigen, das verstehen Sie ja … Tun Sie mir bitte den Gefallen und sagen Sie, wenn jemand nach mir fragen sollte, dass ich auf einer Dienstreise bin … Besten Dank, Herr Simon, besten Dank, leben Sie wohl, auf Wiedersehen …

Zu Hause

Morgen gehe ich zwei Wochen lang auf eine Dienstreise. Nach Sochumi ... Ja, pack meine Sachen ein, viel brauch ich nicht, das Wetter dort soll schön sein. Keinen Regenmantel ... Nein. Aber bei Gott, merk dir genau: Falls jemand anrufen sollte ... was heißt falls, es ruft sicher jemand an, sag dann nicht, dass ich in Sochumi bin ... Es könnte sein, dass in nächster Zeit noch jemand dorthin fährt, und dann werde ich besucht oder abgeholt, aber ich habe einfach keine Lust zu trinken und zu feiern. Ich muss viel erledigen ... Der Chef hat mich nachdrücklich darum gebeten ... Sag, ich sei in Minwod ... Fang bitte an zu packen, ich hab noch etwas in der Stadt zu tun.

Wie soll ich die zwei Wochen bloß ohne dich aushalten ... Komm, stehen wir auf, ziehen uns an. Oder bleib noch liegen, wenn du willst. Ich muss nur rechtzeitig zu Hause sein, um mich vorzubereiten. Es wäre schön, wenn wir zusammen fahren könnten, wie letztes Jahr ... Wenn es eine andere Stadt wäre, hätte ich dich bestimmt mitgenommen, aber zusammen nach Kutaissi, das geht wirklich nicht, du weißt ja auch ... Ach, wenn du wüsstest, wie wenig ich hin will! Ausgerechnet jetzt wollen sie die Erbschaftsangelegenheiten regeln! Meine Schwiegereltern sind doch kaum noch fähig, solche Formalitäten abzuwickeln ... Ich muss hinter allem her sein, das verstehst du doch ... Aber was bleibt mir übrig ... Es geht ja um keine kleine Erbschaft. Wie soll ich die zwei Wochen bei ihnen nur aushalten ... Woandershin ... könnten wir zusammen fahren, aber nicht nach Kutaissi ... Die ganze Stadt wimmelt von Verwandten meiner Frau ... Also, sei nicht traurig ... so ... noch einmal, so ... Ich rufe dich auf alle Fälle von dort aus an, mach's gut, mein Schatz!

Auf der Straße

– Grüß dich!
– Hallo, grüß dich!
– Wie geht es dir? Du lässt dich ja gar nicht mehr blicken.
– Na ja, einigermaßen. Und wie geht's dir denn?
– Ja, 's geht so. Du siehst aber wirklich gut aus. Ich habe dich von weitem gesehen, du eilst so voran wie jemand, der eine schöne Reise vor sich hat.
– Stimmt, ich fahre nach Madrid!
– Oh, wie hast du das nur geschafft?
– Wenn man sich etwas ganz stark wünscht, du weißt ja wie es ist ... Der größte Traum meines Lebens geht in Erfüllung! – Spanien! Madrid! Oh, mein Gott! Das ist irre!
– Na, dann meine besten Wünsche und gute Reise!
– Danke, Danke ... Alles Gute!

– Verzeihung, darf ich zum Chefarzt?

– Bitteschön, kommen Sie, bitte, er ist gerade frei.

– O-ooo-h! Wen sehe ich da, das gibt's doch nicht! Bist du's wirklich? Welcher Wind hat dich denn hierher geweht? Wie bist du endlich darauf gekommen, mich zu besuchen?! Junge, hast du kein einziges Mal an mich gedacht?! Was hat dich nur in dieser Stadt aufgehalten? Als ob wir nicht sieben Jahre lang zusammen die Schulbank gedrückt hätten! Du, Schurke, du! Komm jetzt und setz dich! Warte mal, lass dich ansehen, du hast dich aber stark verändert ...

– Du musst mich retten, Gogi, um mich steht's schlimm.

– Wieso, was hast du? Was ist mit dir? Wie kann ich dir helfen?

– Was mit mir ist? Hey, wenn ich das nur wüsste! Mir versagen die Nerven, verstehst du, die Nerven! Ich will niemanden sehen! Verstehst du? Niemanden. Niemanden. Niemandes Stimme hören. Keine Gesichter, keine Stimmen! Von niemandem ... Ich bin müde, vollkommen ausgelaugt ... Habe ich denn kein Recht, einmal müde zu sein? Für eine Weile will ich einfach allein bleiben ... Ganz allein. Ich will meine Ruhe haben. Verstehst du das? Meine Ruhe. Ich frage dich, ob man nicht einmal seine Ruhe haben darf? In der letzten Zeit weine ich oft, verstehst du? Ich weine. Ich schluchze meistens wegen eines Blödsinns, dass ich selbst wütend werde, zum Beispiel, ich sehe fern, und der Sprecher verkündet laut und feierlich: »Da fließt der Rustawi-Stahl!« Und die Stahllava strömt heraus, und ich vergieße bittere Tränen. Ich sitze da und schluchze. Warum zum Teufel heule ich, das wüsst ich gern! Eine Minute später zeigen sie einen Krieg, in dem die Leute aufeinander schießen, einander töten, erwürgen, verbrennen, ich aber sitze da wie in Stein gemeißelt, ohne die geringste Regung. In meiner Psyche geht's drunter und drüber, ich glaube, ich steh am Rande eines Nervenzusammenbruchs. Alles Weitere erzähle ich dir später. Jetzt bin ich erst einmal von zu Hause weg, einige denken, dass ich auf Dienstreise bin, die anderen glauben, dass ich bei meiner Mutter auf dem Land bin. Kurzum, du musst mir helfen. Könntest du mir hier vielleicht für eine gewisse Zeit ein Einzelzimmer organisieren? Ich weiß sonst nicht, was mit mir alles passieren könnte ...

– Kein Problem! Gut, dass du dich an mich erinnert hast. Ich verstehe. Ich verstehe. Die Nerven! Ja, das entspricht ganz unserer Zeit. Ich weiß nicht, wie es die anderen sehen, aber ich kann das gut nachvollziehen! Ich selbst ... unter uns gesagt, wenn ich aufgeregt bin ... sehe ich überall Mäuse. Ich sag's dir, kleine schwarze Mäuse ... Hier, neben meinem Büro steht ein Zimmer leer. Das war früher mein Chefzimmer, aber nach der Renovierung bin ich umgezogen und der Raum nebenan blieb ungenutzt. Ich weiß sowieso nicht, wie man ihn verwenden könnte. Dort werde ich dich unterbringen. Ein Sofa steht da, Sessel, da gibt es auch ein Waschbecken, eine Dusche und was man sonst noch so braucht. Du musst überhaupt nicht rausgehen. Kein Mensch wird dich stören. Du wirst hier leben wie Gott in Frankreich. Aus dem Fenster blickt man auf den Garten – wir haben einen herrlichen Garten, es ist sogar so, dass dieses Krankenhaus wegen des Gartens hier gebaut worden ist. Aber unsere Patienten sind kaum in der Lage, dort spazieren zu gehen. Nachmittags ab 15 oder 16 Uhr ist es dort leer. Du kannst auch dich dort aufhalten. Falls du das Zimmer nicht verlassen willst, sage ich Bescheid, dass man dir das Essen vor die Tür stellen soll ... Wenn du dann Hunger hast, kannst du es dir reinholen und essen ... Na, wie klingt das? Nur eine Bedingung ... Du musst einen Krankenhauspyjama tragen. Damit du niemandem auffällst ... Das verstehst du sicherlich. Das wäre alles!

– Gogi, du bist ein echter Freund!

Als der Chefarzt bzw. der Kindheitsfreund nach der kurzen Besprechung das Zimmer verließ, und der andere, der zugleich aufs Land, nach Sochumi, Minwod, Kutaissi und Madrid gefahren war, endlich allein war, schloss dieser die Augen und atmete die angenehm frische Luft des Tbilisser Vororts tief ein, vernahm mit seinem ganzen Körper die im Zimmer herrschende Stille (Die mit Kunstleder gepolsterte Tür ließ keinen Laut zu ihm herein), die aus dem Fenster hinaus unmerklich in die Geräusche des Gartens überging und sich wie Balsam auf seine erschöpften Nerven legte. Voller Behagen warf er sich auf das Bett und fiel in einen tiefen und ruhigen Schlaf, wie er für gewöhnlich einer großen Erleichterung folgt.

Im Traum aber stand er munter auf, packte pfeifend einen kleinen, schicken Koffer zusammen, fuhr zum Flughafen, verabschiedete sich elegant winkend (wozu der Zuruf »Goodbye my darling!«, noch besser aber »Adiós, mi amigo!« gepasst hätte) von den Freunden und Bekannten, betrat leichten Fußes die Gangway und flog nach Madrid ... In dem Augenblick, als er in Madrid landete, erwachte er ...

Er stand auf, ging zum Fenster, betrachtete die sich leicht wiegenden Wipfel der Bäume und begann in aller

Ruhe zu überlegen: Früher hatte er nie von Madrid geträumt. Er reiste dorthin immer im wachen Zustand. Dorthin und auch auf die Inselgruppe Madeira, an die Küste des Roten Meeres, auf die Inseln Erromango oder Espiritu Santo. Was könnte denn einfacher sein!

Er brauchte nichts mehr als ein Busfenster, um seinen Augen Raum zu geben, damit sie in die Ferne starren konnten. Bis der Bus von Wera den Saburtalomarkt erreichte, hatte er bereits zwei, drei kleine Inseln durchwandert: Von einer fuhr er mit dem Boot weit hinaus auf den Ozean, fischte nachlässig, schlenderte dann wieder umher auf dem sandigen Boden der Insel, der grüne Schaum des Meerwassers benetzte seine Waden. Er bestaunte die seltsamen Bäume, horchte auf fremde Vögel und fremde Worte ... Dann aber, in der Nacht, stand er unter dem besternten Himmel am Ufer, schaute, wie sich die Sternenwelt im dunkelgrünen Spiegel des Ozeans wiegte ... Er lauschte der unbeschreiblichen Musik des Ozeans und der Insel ... sein Herz zerrann vor Liebe ... Er schwebte, verflüchtigte sich in der etwas feuchten und schweren Luft. Er liebte den Ozean und nur hier konnte er die ganze Welt lieben ... Jede Insel hatte ihre eigene Musik. Diese Musik vermischte sich mit dem Lied des wogenden Ozeans (das nur aus kräftigen, großen, blauen und grünen Vokalen bestand: aiaaeio-oaa, -iooo, -uua) genauso wie der Ozean und die Insel, wenn sein Wasser das Inselufer ableckte ... Er hörte diese Musik ganz deutlich, sie flog wie ein rauschender Wind empor und hallte wider in den Tiefen seines Gehörs ... (In diesem Augenblick näherte sich sein Bus der Dighomi-Siedlung.) Anschließend verabschiedete er sich von seinen kleinen, geliebten Inseln und eilte ans Ziel seiner Reise – jede Reise, ganz gleich, wo und wie sie auch angefangen hatte, endete zuletzt in Spanien, was selbst für den Reisenden eine unerklärliche Wahl war. Denn: Die großen und zivilisierten Länder zogen ihn eigentlich nicht an. Sein Herz gehörte den weit entfernten, fremden und kleinen Inseln. (Wer weiß, vielleicht weil er selber der Sohn eines kleinen Landes war?) Aber Spanien, Madrid waren für ihn schon immer der Knotenpunkt all der weiten Wege, durch die die bunte Karte seines Traumes blau vernetzt war. In Madrid fühlte er sich zu Hause (im Unterschied zur Heimatstadt Tbilissi). Ja, wie kann man sich auch an einem Ort zu Hause fühlen, wo dich fast alle kennen und wo anscheinend alle eine nicht sehr gute Meinung von dir haben. Es ist doch viel schöner, wenn man dich von einer angenehmen Distanz aus kennt, und wenn man schon nicht von dir schwärmt, wenigstens auch nichts gegen dich hat. Erblickt man dich, winkt man dir freundlich zu.

Er ging leichtfüßig durch die Straßen von Madrid.

Ging über die Brücke, über die immer der Wind wehte, ihm den Kragen hob und die Haare zerzauste ... den neuen Bekannten, Alten und Kindern rief er quer über die Straße Grüße zu. Sie erwiderten ihrerseits fröhlich: »Buenos días, amigo!« Da ging eine junge Frau vorbei, energischen, raumgreifenden Schrittes, ihr schwarzes Kleid rauschend und flatternd, mit auf den Schultern aufgefächertem Haar und einem tiefen Dekolleté, wo auf der bräunlichen Haut über dem Brustbein das in der Sonne funkelnde Kreuz aus Silber zitterte: »Que bella es esa señorita!«, »Wie schön Sie sind, Señorita!«, rief er mit argloser Begeisterung aus, und die Frau lächelte noch, als sie schon vorübergegangen war. Und dann der Platz, auf dem die Statue des großen Schriftstellers und seiner unsterblichen Romanfiguren stand ... Jetzt war aber eine Gitarre unumgänglich, er hatte sie ja immer mit sich ... Er betrat den Platz und begann zu singen. Dazu brauchte er hier unbedingt noch den Wind (der ihm die Haare zerzauste). Er sang ein sehr leidenschaftliches und melodisches Lied auf Spanisch. Er erzählte den Zuhörern von dem Land, aus dem er stammte, und von den Inseln, die er vor Madrid besucht hatte. Der Refrain dieses langen bewegenden Liedes begann so: »Überall habe ich Gram und Freude gesehen, überall Geburt und Tod, überall weint man, überall singt man. Dann also, kommt,

Ihr Lieben, miteinander zu teilen Fest und Not ...« und endete folgendermaßen: »Ich habe mich lange nach euch gesehnt. Und jetzt bin ich hier.« Er sang von seiner unergründlichen Liebe zu Spanien. Immer mehr Leute versammelten sich um ihn. Sie sahen ihn an, wie man eine Taube ansieht, wenn sie einen Palmenzweig in ihrem Schnabel trägt. Sie winkten ihm begeistert zu. Man hörte Ausrufe voll wohlwollender Sympathie: »Schaut her, er sieht aus wie ein echter Spanier!«

Falls es wirklich ewige Typen von Menschen gibt, die in allen Epochen geboren werden, wie zum Beispiel Prediger, Missionare, Tyrannen oder Verwalter, Politiker und Priester (man sagt doch, dass die Natur, die Neigungen des Menschen und dementsprechend sein Schicksal kraft der Ausstrahlung unserer ewigen Gestirne bestimmt werden), dann gibt es doch keinen Zweifel mehr, dass Sandro Litscheli der Kaste der unermüdlichen Reisenden angehörte. Ich bin absolut überzeugt: Wenn Sandro ein Zeitgenosse von Kolumbus oder Amerigo Vespucci gewesen wäre und in der Epoche der großen Reisen und Entdeckungen gelebt hätte (wenn seine Pläne wegen des schweren Schicksals seines Landes nicht aus finanziellen Gründen gescheitert wären), hätte er bestimmt irgendein Land entdeckt und, wer weiß, selbst Kolumbus oder

Vespucci Speck durch den Mund gezogen! Was für Beweise sind noch nötig! Wenn er sich nur setzte oder sich hinlegte, begab er sich sofort auf die Reise zu den Inseln Tongatapu oder Vanua Levu! Er verlangte nichts vom Leben und wegen seiner Naivität kam ihm nicht in den Sinn, dass man für die Reise selbst so vieles brauchte, sogar für einen kurzen Ausflug (zum Beispiel von Tbilissi bis Aspindsa) benötigte man zumindest Geld, Fahrkarte, Zeit und Genehmigung. Aber Sandro Litschelis heiter schwebende Seele hat kein einziges Mal auf solch unwichtige Faktoren heruntergeblickt.

Ach! Ihr Dichter und Wanderer!

Eine viel größere Bedeutung maß er der Gitarre und Kenntnissen der spanischen Lieder bei: Er kaufte eine Gitarre, lernte zu spielen und spanische Lieder zu singen. Hauptsache war, dass sein Spanisch schon ausreichte, Freundschaften zu schließen; er kombinierte schöpferisch verschiedene spanische Phrasen, Auszüge aus bekannten Liedern und Gedichten, um seinen Herzenswunsch genau auszudrücken. (Überhaupt muss ich hierzu anmerken, dass ich für die grammatische Korrektheit der spanischen Variationen von Sandro Litscheli keine Gewähr leisten würde. An ihrer emotionalen Ausdruckskraft aber besteht nicht der geringste Zweifel.)

Ja, und der Wind war ebenso notwendig wie die Gitarre. Der Wind musste an dem Tag wehen, an dem er eine Brücke Madrids überquerte und sich zum Cervantes-Denkmal begab. Denn: Kein einziges Mal hat er diese Szene ohne sein vom Wind zerzaustes Haar gesehen.

Sandro Litscheli waren philosophische Selbstanalyse und das Grübeln nicht eigen, sonst hätte er sich vielleicht über seine sonderbare Anwandlung gewundert (die er ebenso natürlich fand, wie das Zurarbeitzuspätkommen) und hätte sich selbst tiefsinnige Fragen folgender Art gestellt:

»Wer bin ich und warum rufen mich Pazifik und Spanien zu sich?«

»Warum ausgerechnet Madrid und nicht Washington oder Addis Abeba?«

»Wonach sucht, was möchte die unsterbliche menschliche Seele, dieser eigensinnige, nie greifbare Vogel, der beharrlich zwischen den Planeten und Kontinenten umherfliegt, den Körper mit sich zieht und dabei auf die Gesetze der Gravitation pfeift? Warum zerbricht sie sich den Kopf nicht über solche Faktoren wie: Verkehrswesen, Politik, Finanzen, Familienangelegenheiten u.s.w.?« Aber Sandro Litscheli belastete seine Seele kaum mit solcherlei Fragen, er verwöhnte sie lieber mit seinen wunderbaren Reisen.

Übrigens muss gesagt werden, dass sich die Sache mit

den kleinen Inseln irgendwie anders verhielt: Gewissermaßen bedingte der Klang ihrer Namen, dass sie zu Lieblingsinseln von Sandro Litscheli wurden (es gab im Pazifik noch viele andere kleine Inseln, aber Sandro Litscheli hatte nicht vor, diese zu besuchen). Denn: Manche Worte übten eine magische Wirkung auf diesen Mann aus.

Wie könnte sein Herz nicht vor Erregung hüpfen, als er zum ersten Mal ihre Namen vernahm: »Erromango«, »Morotai«, »Shuazel«, »Maratua« ... Litscheli war völlig eingenommen von dem wunderbaren Klang dieser Namen, aber er interessierte sich weder für ihre Bedeutung, noch für die geographischen Eigenschaften dieser Inseln. Es reichte ihm aus zu wissen, dass sie im Ozean ebenso verstreut waren, wie die zahllosen winzigen Sterne zwischen den unendlich großen Gestirnen und Nebelflecken. Auf diesen Inseln sah Sandro Grotten und nackte steile Felsen, tintenblaue Seen und mit gelben Früchten beladene, fremdartige Bäume, die in der sinkenden Sonne granatfarben schimmerten.

Übrigens, was die Geographiekenntnisse anbelangt, so stand es um diese bei Sandro Litscheli etwas anders. Wenn er sein eigenes Bewusstsein genau einzuschätzen wüsste, dann hätte er sich eingestehen müssen, dass seine geographischen Vorstellungen auf dem Niveau eines staunenden Kindes stehengeblieben waren, das keineswegs verstehen kann, warum die Städte und Leute nicht nach unten fallen, wenn die Erde rund wie ein Ball ist und sich noch dazu dreht! Aber wie naiv und falsch wäre es, daraus den Schluss zu ziehen, Sandro Litscheli sei ein ungebildeter Mensch; Litscheli war sehr belesen und hatte seinen Schulabschluss mit Goldmedaille bestanden. Also hat er Grundlagen der Geographie, Physik und Geometrie gelernt, d.h. alle möglichen physikalischen Gesetze kannte er gut. Na und? Diese Kenntnisse und das Staunen existierten bei ihm parallel und schlossen einander nicht aus.

Ja, ich wiederhole: Für Sandro Litscheli war die Selbstanalyse fremd, und er fragte sich nie: »Wer bin ich, warum ruft mich die fremde Ferne?« Aber falls jemand anderes Zeit fände, sich danach zu fragen, dazu noch in aller Öffentlichkeit, dann kämen da bestimmt mehrere Antworten und Hypothesen zum Vorschein. Zum Beispiel könnte irgendein Sorgloser mit einer brüsken Handbewegung proklamieren: »Jeder soll nach seiner Fasson glücklich sein.« Obwohl diese volkssprachliche Wendung so großartig ist, da sie die Individualität des Menschen, die Freiheit der Persönlichkeit und ähnliche Werte so entzückend verteidigt (und nur der Besitzer eines kühnen Geistes kann dies irgendwann stolz ausgerufen haben), kann sie in unserem Fall nicht als Antwort auf die gestellte Frage gelten.

Ein anderer würde die kreativ entfaltete Vererbungslehre heranziehen und annehmen, dass Sandro Litscheli nicht nur seine lange, dünne Nase mit dem eiförmigen Fleck an einer Seite von seinen Vorfahren geerbt hatte, sondern auch dieses Streben nach gewissen Ländern, das einige Repräsentanten seiner Ahnenreihe über viele Generationen in bestimmten Intervallen als Dreingabe erhielten. Vielleicht warf das Schicksal einen seiner fernen Vorfahren, womöglich eben denjenigen mit einem eiförmigen braunen Fleck an einem Nasenflügel, nach Spanien hinüber, und das Bild dieses Landes prägte sich für immer in sein Herz ein? Oder segelte er vielleicht mit einem Boot an den kleinen Inseln vorbei? Vielleicht hatte dieser Mann eine Geliebte in Madrid, eine durchs Verhängnis dorthin geratene georgische Jungfrau, und deshalb blieb sein Herz an diese Stadt gefesselt? Vielleicht waren es seine erfüllten und unerfüllten Wünsche, die zusammen mit dem braunen Fleck durch die physischen und geistigen Kapillaren des Litscheli-Geschlechts geflossen sind? Wer weiß.

Wieder ein anderer könnte sich an die tröstliche Lehre der Wiedergeburt erinnern, die die Phantasie des Menschen über alle Maßen anregt und zu merkwürdigen Vermutungen führt, und sagen: Nicht seine Ahnen, sondern anscheinend Sandro Litscheli selbst wäre in einem früheren Leben ein Bürger Madrids gewesen, mit Leib und Seele ein Spanier, ein gewisser José de Mora oder Garcilaso de la Vega. Wer weiß, vielleicht war er derjenige, der die Straßen von Madrid mit Steinen bepflastert oder einen Dom gebaut hatte, oder er war als ein wandernder Juglar-Sänger berühmt gewesen. Er könnte auch ein spanischer Seefahrer gewesen sein, der seinen Schatz auf einer dieser Inseln versteckt hatte. Vielleicht hatte er im Heer von Ruis Dias für die Befreiung Kastiliens gekämpft? Und wer würde sich wundern, wenn ein feuriger Spanier später als ein georgischer Mann zur Welt gekommen wäre? Aber weshalb? Ach, das muss ja für ein geheimes Geschehen im unzugänglichen Labor des Schicksals gehalten werden.

Ein anderer wäre noch weiter gegangen. Er hätte sich an noch ältere, noch seltsamere und dichterischere Vorstellungen erinnert und gesagt, es könnte sein, dass Sandro Litscheli einst ein Fisch gewesen sei, ein großer, schwarzflossiger, trübäugiger Fisch, und im Stillen Ozean nahe dieser Inseln lebte. Er stieg ab und zu mit einer Welle hoch, legte den Kopf ans Ufer und dachte: »Die Erde«. Oder vielleicht war er ein Vogel, ein fremder, namenloser, einsamer Vogel aus uralten Zeiten, der auf den winzigen Inseln nistete. Er zog über ihnen seine Kreise und gab der untergehenden Sonne das Geleit mit einem merkwürdigen Geschrei ... Oder er war ein Tier auf den wilden Inseln, das dann in den Tiergarten eines spanischen Königs geriet. Wer weiß, wer weiß, was die Liebhaber wundersamer Hypothesen noch alles gesagt hätten! Wer weiß, woher die wandernde Seele von Sandro Litscheli gekommen war und auf welch weitem Weg sie sich in dem mageren Körper eines Tbilissers angesiedelt hatte? Man sagt ja auch, alles sei bloß eine Erinnerung! Auch ein Traum sei eine Erinnerung des einst schon Gewesenen! Wer weiß, vielleicht war es die Erinnerung an das fernste Leben, die im Nebelfleck seiner Seele derart pulsierte und ihn zu den schwarz-grünen Nächten des Pazifiks und zu den einsamen Inseln rief.

Aber niemand sollte denken, dass Sandro Litscheli, da er ununterbrochen auf Reisen war beziehungsweise sich selten an seinem tatsächlichen Wohnort befand, – von der Arbeit die Nase voll hatte. Ganz und gar nicht! Im Gegenteil: Er galt in seinem Büro als einer der gelehrtesten und ernsthaftesten Mitarbeiter. Da habt Ihr es, Ihr Anhänger einfacher Kausalitäten!

Ich weiß, ich werde Sandro Litscheli noch oft verteidigen müssen. So will ich gleich Vorkehrungen treffen und erklären: Die Naiven und, noch schlimmer, die

Intriganten werden sich sehr irren, wenn sie Folgendes annehmen: Sandro Litscheli hätte Georgien satt und wollte sich für immer irgendwo anders niederlassen (was für Sandro Litscheli keine günstige Schlussfolgerung wäre). Auf keinen Fall! Wie die meisten Georgier war er zu stark an seine Heimat gefesselt und dieses Gefesseltsein war sein Schicksal, sein Fleisch und Blut, seine Geschichte. Und er wusste ganz genau, hätte man ihn hier an den Beinen aufgehängt (was eigentlich nicht ausgeschlossen war), ganz gleich: In einem anderen Land hätte er es doch nicht lange ausgehalten und das Leben dort nicht genießen können (was die traurige Erfahrung vieler anderer bestätigt). Ja, doch, aber seine Liebe zur Heimat war ebenso natürlich wie sein Streben zu den fernen Ländern. Und die Liebe zu diesen fernen Ländern war ebenso natürlich, wie man sich in Märchen in eine Prinzessin verliebt, ohne sie je gesehen zu haben. Und was für ein bedeutungsloser Gegenstand kann dort die flammende Liebe eines Prinzen oder eines Ritters auslösen: die aus der Ferne herangelangte Nachricht über die Schönheit einer Prinzessin oder eine glänzende Haarsträhne, die dem Schnabel eines Vogels im Zimmer des Prinzen entgleitet, als er sich am offenen Fenster niederlässt. Ein Härchen einer unbekannten Frau! Und was ist eine Haarsträhne im Vergleich zu all den farbigen

Fotos in Zeitschriften, die das hervorragende Niveau der modernen Fotokunst bekunden und die Einzigartigkeit des Lebens und der Natur in fremden Ländern auf unglaublich lebendige Weise zeigen, geschweige denn Fernsehreisen in die am weitesten entfernten Länder in Begleitung der entsprechenden Musik. Sollte man sich darüber wundern, wenn sich ein Mensch beim Anblick solcher Reisen in eines dieser Länder verliebte und selbst auch den Wunsch verspürte, dorthin zu fahren? Warum aber ausgerechnet dieses Land und nicht jenes – das bleibt auch wieder ein Geheimnis.

Es muss auch niemand denken, dass diese Phantasiereise für Sandro Litscheli bloß ein nutzloser Zeitvertreib war, ein für alle Mal von der Realität losgerissenes Ereignis. Nein! Sandro Litscheli war überzeugt, dass diese Reise irgendwann einmal stattfände, ebenso wie er irgendwann einmal in Rente gehen würde. Was veranlasste ihn, so davon überzeugt zu sein? – Die Kraft des eigenen Wunsches, der so aus sich selbst heraus, so natürlich entstand und existierte. Diese Natürlichkeit. Sandro Litscheli selbst, der, wie schon gesagt, keine Neigungen hatte, sich in sich zu vertiefen, machte sich auch gar keine Gedanken über das Wesen dieser Überzeugung. Aber er hatte ja auch nie beabsichtigt, sein Leben zu beschreiben, also stand er nie vor der Notwendigkeit, sich über die Wurzel seiner eigenen Empfindungen bewusst zu werden. Da ich mich entschlossen habe, seine Geschichte zu erzählen, muss ich mir nun darüber den Kopf zerbrechen und irgendwie den psychologischen Grund der Empfindungen Litschelis erläutern. Es war also auch meine Vermutung, warum Sandro Litscheli überzeugt war, er würde irgendwann mal tatsächlich dorthin fahren, wohin er schon sein ganzes Leben lang fuhr.

Aber einen Weg zu suchen, sich anzustrengen, nachzuhaken (etwa bei Gewerkschaften nach einer geplanten Fahrt), um eine Reise nach Spanien zu verwirklichen – ach, das alles kam Sandro nie in den Sinn. Die Sache war die, dass seine außergewöhnliche Reise unglücklicherweise immer mit einem fatalen Satz und derselben Szene begann: »An einem schönen Tag stand er auf und fuhr fort«, »An einem schönen Tag reiste er nach Spanien«, genauso wie ein georgisches Märchen mit einer vielsagenden und unveränderlichen Formel beginnt: »Es war und war nicht.«, »Eines schönen Tages ...« Also ohne jegliche psychologische und praktische Vorbereitungsmaßnahmen, ohne alles sorgfältig abzuwägen, zu bitten, anzuflehen, ohne Qual und ohne Anstrengung. Er traf die Entscheidung und setzte sie in die Tat um, am selben Tag. Und davon ausgehend hätten dann die Vorbereitungsarbeiten und Vorkehrungen, die, wenn wir die Sache genauer betrachten, jahrelang dauern könnten (und dazu noch keine Garantie gaben, dass alles erfolgreich enden würde, denn, unter uns gesagt, wer hätte Sandro Litscheli schon zu einer Spanienreise zugelassen?!), diese Reise etwa nicht entwertet, die in der Vorstellung so wunderbar, unerwartet und erfreulich verlief?

Ich wiederhole noch einmal, Sandro Litscheli mochte nicht über Ursachen brüten und hatte keine Zeit dafür. Wiederum nehme ich an, dass eben dies ein Grund war, warum er sich nicht um die Verwirklichung seines Traumes bemühte. Aber wie ich bereits erwähnt habe, traf er seine Vorbereitungen ganz eigenartig und gewissenhaft: Er lernte Gitarre spielen, spanische Lieder und die Umgangssprache. (Übrigens war Sandro der Meinung, dass man an allen fernen und schönen Orten ausschließlich Spanisch sprach. Manchmal war er sogar bereit zu glauben, dass auch die Vögel Spanisch zwitscherten.) Es ist nicht zu verheimlichen, dass er sich einen breiten Ledergürtel und einen Hut mit breiter Krempe angeschafft hatte – ohne sie konnte er sich selbst auf jenen Inseln keinesfalls vorstellen. Und darüber hinaus: Er verfasste Listen von Geschenken, die er nach Madrid (Er hätte es nie laut ausgesprochen, aber insgeheim war er fest davon überzeugt, dass er in dieser Stadt erwartet wurde und dass man sich wunderte, warum er sich so verspätete) und auf die Pazifikinseln mitnehmen wollte, falls es dort Einheimische gab.

So vergingen die Jahre – weder traurig noch trostlos ...

Und ich weiß wirklich nicht, wie es letztlich dazu kam, oder wie es anfing, dazu zu kommen, dass Sandro Litscheli eines Tages einsah: Er würde nie auf seine Inseln und nach Spanien gelangen. Ganz langsam reifte diese Vermutung in ihm, ungefähr zu der Zeit, als er die Vierzig überschritten hatte. Allmählich wurde sie stärker und letztendlich zum festen Glauben ... Als Sandro der Logik des Lebens endlich in die Augen sah, stellte er nüchtern und leicht fest: Selbst wenn er einen Berechtigungsschein für seine Reise von den Gewerkschaften erhalten hätte, hätte er kein Geld dafür gehabt, und hätte er Geld gehabt, so hätte es keine Reiseerlaubnis gegeben, hätte es beides gegeben, hätte er keinen Urlaub bekommen. Wären alle drei Bedingungen erfüllt, hätte seine Gesundheit versagt. Wären aber alle vier möglich gewesen, hätten der Tod seiner Mutter oder die Krankheit seiner Frau die Reise verhindert, oder er selber wäre in das allerinteressanteste Land gereist, das die Vertreter bestimmter Weltanschauungen als das Land »aus dem man nicht mehr zurückkommt« bezeichnen.

Wann hatte Sandro Litscheli zu diesen realistischen

Einsichten gefunden? Ich denke, als er von Erromango nach Tongatapu segelte und in Madrid auf dem bekannten Platz sang, lauschte ein Teil seines rätselhaften Wesens aufmerksam auf die Stimme, besser gesagt, auf das Murren des Lebens und sah, wie die verstaubten Ketten des Alltags die heiter begonnenen Tage zu zerreiben begannen und wie diese dann abends zerbrochenen Glocken gleich in irgendeine Grube geworfen wurden ... Ich weiß nicht, was er noch beobachtete ... Aber das unwillkürliche Weinen begann ebenfalls, als er sich seinem siebenundvierzigsten Jahr näherte ... Jawohl. Zum ersten Mal geschah es mit ihm vor dem Fernseher, als er den Satz vernahm: »Da fließt der Rustawi-Stahl!«, und später »Da wogt das grüne Meer!«, und auf dem Bildschirm waren grenzenlose Teeplantagen zu sehen. Dann widerfuhr es ihm auch im Büro während der Versammlungen. Er saß da und weinte. Dann kam es noch zum unwillkürlichen Lachen! Das Weinen hätte er noch irgendwie verschleiern können, unter dem Vorwand etwa, es sei eine Augenentzündung oder Allergie (diese universelle Krankheit, die alles Mögliche hervorrufen kann) was sollte man aber mit dem Lachen anfangen? Ja, oft saß er da und kicherte an vollkommen unangebrachter Stelle. Aber wir wollen auch nicht übertreiben: Jeder Mensch hat seinen eigenen Kummer und niemandes

Nerven sind heutzutage hundertprozentig in Ordnung, so dass Litschelis Lachen-Weinen noch keinem Menschen besonders auffiel, es störte eigentlich niemanden außer ihn selbst.

Hier aber will ich nicht voreilig sein und darauf beharren, dass der nervöse Zustand von Sandro Litscheli durch den Verzicht auf die Reise veranlasst worden war. Chronologisches Aufeinanderfolgen bedeutet doch nicht immer gleich Kausalität! Außerdem haben wir ja nur einem Aspekt seines Lebens unsere Aufmerksamkeit geschenkt, wir haben nur eines seiner inneren Abenteuer erzählt, aber wie viele andere Aspekte hatte sein weitverzweigtes Dasein! Nur durch das Nachvollziehen des gesamten Lebensbildes (Aber wer kann das schon!) wäre es möglich gewesen, jenen seelischen Zustand zu erklären, dank dessen Sandro Litscheli letztendlich wirklich abgereist war: mit vollständiger Tarnung und Verheimlichung der Spur in einen Hafen für zwei Wochen.

Nun stand er am Fenster eines nummernlosen Krankenhauszimmers und dachte zum ersten Mal an das seltsame Benehmen seiner eigenen Seele, konkreter, über die Tatsache nach, dass die vor Jahren vergessene Reise jetzt in einen Traum übergegangen war: In dieser Einsamkeit und Ruhe war Litscheli gleich in seinem ersten Traum wieder nach Spanien gereist ... Ja, er stand da und schaute aus den breiten Fenstern in den Garten, wo die riesigen Eichen und Buchen rauschten. Und er war seinem Schicksal grenzenlos dankbar, dass es ihm endlich die Gemütlichkeit und Stille gebracht hatte, die er in der letzten Zeit ebenso begehrt hatte wie früher die Pazifikinseln. Überhaupt war Undankbarkeit für Sandro Litscheli nicht charakteristisch: Auch jetzt rollte eine Träne seine Wange hinunter, aber nicht eine durch Nervosität erregte Träne, sondern die leichte Träne der Freude, die Träne eines in die grenzenlose Freiheit geratenen Menschen.

Jetzt konnte er am Fenster stehen, wenn er wollte, sogar sechzig Stunden lang. Er konnte sich auf den Boden legen, den Sessel auf seinen Bauch stellen, auf dem Tisch einen Purzelbaum schlagen, sich auf das Fensterbrett setzen und die Beine hinunterhängen lassen, dem Mond ins Gesicht lachen, Papiervögel aus dem Fenster fliegen lassen und das Zimmer mit Papierfröschen füllen. Er konnte singen, heulen, meckern, wiehern, was er auch mit Freude tat. Er konnte traurig sein, wenn er traurig war; ruhig weinen und endlich drei Lieblingsbücher lesen, was er sich seit zehn, zwölf Jahren vergebens gewünscht und vorgenommen hatte (wie oberflächlich muss ein Mensch sein, der sowas für unmöglich hält!). Er konnte sogar jedes dieser Bücher dreimal lesen. Wer hätte ihn gestört! Der Chefarzt hatte alle streng davor gewarnt, »seinen engsten Freund und schwerkranken Patienten, den er persönlich untersuchen und behandeln wollte«, unnötig zu belästigen.

Sein Zimmer befand sich in einem abgelegenen Seitengang, neben dem Büro des Chefarztes. Dorthin bog sowieso niemand ein, ohne ein konkretes Ziel zu haben, und selbst wenn es hier die schwere Kunstledertür nicht gegeben hätte, so wäre »der engste Freund des Chefarztes und der schwerkranke Patient« sowieso von niemandem belästigt worden. Jener lag jetzt regungslos auf dem Boden und starrte die Decke an: schweigsam, in sich versunken, im tiefsten Sinne dieses Wortes.

Oh, wie irrten sich alle, die den Chefarzt für einen Menschen ohne jegliche Eigenheiten, allzu sachlich und seelenlos hielten! Hätte man in sein Herz hineingeschaut (Aber wer nimmt sich noch die Zeit dafür?)! Ganz zu schweigen von seiner Sonderbarkeit (die er sich selbst gegenüber eingestanden hatte und die darin bestand, dass er immer, wenn er Trübsal blies, überall kleine, schwarze Mäuse sah), explodierte in seinem Gemüt ein extremer Rückfall in die kindliche Abenteuerlust, als sein Landsmann und Klassenkamerad so unerwartet vor ihm erschienen war. Die Seele dieses Mannes wurde von wundersamen Gefühlen ergriffen: Er bildete sich ein, beinahe der Held eines Kriminalromans zu sein, ein unvergleichlicher Konspirationschef. Von den ersten Minuten an änderte sich sein Gesichtsausdruck und sogar seine Gangart: Seine Miene wurde vielsagend und rätselhaft, sein Blick durchdringend und entblößend, und sein Gang ... Nein, das musste man selber erleben, wie er sich der geheimnisvollen Tür näherte und sich entfernte.

Einer der Hauptmomente der Konspiration war sein unbeschreiblicher Gesichtsausdruck, der bei ihm immer dann aufkam, wenn die Mitarbeiter respektvoll nach dem Befinden seines allerengsten Freundes fragten. Dann antwortete er knapp mit einer nachdenklichen, strengen Miene und unterdrücktem Gram (so, als ob man die anderen mit seiner Bedrücktheit nicht anstecken will): »Ich will mir Zeit lassen, er soll sich hier erst einmal eingewöhnen, sich beruhigen, dann untersuche ich ihn. Die Diagnose folgt eventuell in acht bis neun Tagen. Ich vermute einen Entzündungsherd im Bauchbereich.«

Das medizinische Personal zerbrach sich kaum den Kopf darüber, welche Veränderungen das Erscheinen des allerengsten Freundes des Chefarztes in ihrer Welt mit sich bringen konnte. Obwohl im Krankenhaus oft die Verwandten oder Freunde und Bekannte vom ledigen Chefarzt behandelt wurden, hätte das medizinische Personal doch bemerken müssen, dass der Chefarzt bis jetzt von keinem von ihnen gesagt hatte, er sei sein allerengster Freund. Hat es das aber bemerkt, so müsste es doch auch erraten können, dass der Chefarzt sich gegenüber seinem allerengsten Freund nicht mit der gewöhnlichen Aufmerksamkeit begnügen würde! Und errieten sie das, so wäre es am zweiten Tag dieses Begebnisses, um zehn Uhr abends, dem diensthabenden Arzt, der im Assistentenzimmer saß, am Cognac nippte und die Fernsehübertragung eines Fußballspiels verfolgte, oder der diensthabenden Krankenschwester, die mit anderen Krankenschwestern zusammen Tee trank und die in den

Zimmern verteilten Thermometer einzusammeln vergaß, erspart geblieben, Blut und Wasser zu schwitzen und vor Angst außer Atem zu geraten! Der Chef, der längst weg gewesen war, erschien unerwartet im Hauptgebäude und schritt zornig durch die Gänge. Der diensthabende Arzt drückte sich die weiße Haube tief auf die Stirn, griff nach dem Stethoskop, drang blitzschnell in die Krankenzimmer ein und begann mit der Visite. Er untersuchte die Patienten mit einer so ungewöhnlichen Herzenswärme und hörte ihre Klagen mit einem solchen Interesse (einiges notierte er sogar in sein Notizbuch), dass sich bei einigen Kranken vor Verwunderung die Temperatur erhöhte. Auch die anderen gerieten merklich in Aufregung. Die diensthabende Schwester folgte ihm auf dem Fuße, brachte die Kissen und die Bettdecken der Kranken in Ordnung und entschuldigte sich, dass sie die Thermometer erst jetzt einsammelte.

Bekanntlich sind die Kranken krank. Das heißt, außer ihrer Hauptbeschwerde sind auch ihre Nerven überreizt. Sie nehmen alles übertrieben wahr ... Sie werden leicht misstrauisch, oft halten sie etwas ganz Harmloses für besonders gefährlich und ... Das ungewöhnliche Benehmen des diensthabenden Arztes und der Krankenschwester, das ich eben erwähnte, erregte in allen Zimmern eine allgemeine Unruhe ... In dieser Nacht schliefen die Kranken schlecht, ihre Betten knarrten häufig (Manchmal ist Güte auch schädlich) ... Die dem Chefarzt auf dem Fuße folgende Schwester aber sah, mit welch einem betrübten Gesichtsausdruck er sich der Kunstledertür näherte und sie öffnete, aber sie sah nicht mehr, wie er übers ganze Gesicht strahlte, als er die Tür hinter sich geschlossen hatte ...

Sandro Litscheli umarmte den Chefarzt zum Zeichen seiner Dankbarkeit und Freude. Der Chefarzt öffnete eine schwarze Tasche händereibend und nahm daraus Köstlichkeiten aller Art: Käse, Butter, Wurst usw. Und dann zwei Flaschen, eine kleine und eine große. Die kleine Flasche hatte die Aufschrift Sarajischwili N 1, die große, dickbäuchige Flasche Sarajischwili N 2. Der Chefarzt erklärte dem Patienten, dass Sarajischwili N 1 eine beruhigende Mixtur sei, die er jeden Abend einnehmen sollte. N 2 aber sei nichts anderes als der Cognac »Eniseli«, den man unbedingt trinken sollte, um »den Körper zu stärken und die positive Stimmung zu erhalten«. Und der Chefarzt begründete ziemlich lange den klaren Vorrang des N 2. Dann setzten sich die Freunde auf die weichen Sessel und gaben Laute von sich, die man wohl als fröhliches Kichern bezeichnen könnte.

Bis ein Uhr nachts saßen sie an der improvisierten, aber köstlichen Tafel und erinnerten sich endlos an ihre

Kindheit: Erst jetzt gestanden sie sich, dass sie beide in ein und dasselbe Mädchen verliebt waren – ihre Klassenkameradin. Erst jetzt klärten sie das damalige Missverständnis: Sandro war überzeugt, dass seine Angebetete in Giorgi verliebt war, Giorgi hatte keinen Zweifel daran, dass Sandro und das Mädchen verrückt nacheinander waren. Aber als sie gleich nach dem Schulabschluss einen Dritten heiratete, der viel älter war als sie, wurde ihre Beziehung wieder besser. Das gemeinsame Unglück brachte sie wieder zusammen. Aber sie verloren damals kein Wort über die ganze Geschichte. Sandro dachte, dass das Mädchen Giorgi untreu wurde, Giorgi aber war überzeugt, dass eben Sandro verlassen worden war. Jetzt saßen sie da und erinnerten sich nach dreißig Jahren wieder, wie das Mädchen zu lachen und zu weinen, wie gewandt sie zu laufen und sich zu ärgern pflegte; wie ihr die Haare besser standen, wenn sie zu einem Zopf geflochten waren oder zu zwei. Jetzt waren sie noch mehr davon überzeugt, dass es solch eine Schönheit nicht nur in ihrem Dorf, sondern auch in ganz Georgien nicht noch einmal gab. Nur in einer Frage konnten sie sich nicht einigen: Unter welchem Ohr sie das Muttermal hatte, unter dem linken oder dem rechten? Jeder blieb bei seiner Meinung. In einer anderen Frage aber waren sie sich einig: Beide hatten genau in Erinnerung, dass die

Braut am Hochzeitstag ziemlich trüb aussah. Sie habe den Ehemann fast nicht angeschaut – dies wiederholten beide oft und vieldeutig. Dann gestanden sie sich, dass Giorgi ihr einmal ein Ei von einem Perlhuhn geschenkt hatte, Sandro aber eine Fasanenfeder. Da aber jeder von den Jungen das Mädchen für das Eigentum des anderen hielt, war solch ein Benehmen dem Freund gegenüber selbstverständlich Verrat. Es stellte sich auch heraus, dass sie zu Giorgi sagte, Sandro sei der allerbeste, zu Sandro aber, Giorgi sei einzigartig. Als bis zur Hochzeit nur eine Woche blieb, hätte sie den einen wie den anderen auf die Wange geküsst und sei weggelaufen. Die Klärung dieser Geschichte und die Erinnerung an diese Einzelheiten rührten ihr Herz, und der Pegel von Sarajischwili N 2 näherte sich allmählich dem Flaschenboden. Das seltsame Mädchen mit den honigfarbenen Augen brachte das ganze Dorf mit sich herein, und das breite gelbe Zimmer wurde allmählich mit Sandro Litschelis Kindheit erfüllt: dunkelblaue Pflaumen und der Duft der klebrigen Milch, die aus dem gebrochenen Stiel der Sonnenblume rann; das Zischen des gestohlenen, auf glühende Kohlen geworfenen jungen Maises; das Muhen des am Abend nach Hause zurückgekehrten Viehs, das vom Mond ins Dorf begleitet wurde; ein am Ende der Dorfgasse flatterndes rotes Kleid – das im Herzen aufflammende Feuer;

die am Busen versteckten sommersprossigen Wachteleier; der gelbe Mond, von dem man sagte, dass seine Mutter mit ihrer teigbedeckten Hand ihm eine Ohrfeige verpasst und ihn so befleckt hatte; das Geschrei des Steinkauzes in der Wüste der Nacht ... das Weinen des Dorfjungen, der sich an der Ecke des Hauses versteckt hatte am Begräbnistag seines kleinen Altersgenossen ... und noch sehr viele im Sand der Zeit versunkene Kleinigkeiten, die besonders häufig auftauchen, wenn sich zwei Menschen an ein und dasselbe erinnern. Das alles malte sich langsam und tränengleich in den viereckigen Raum des nummernlosen Krankenzimmers ein. Und wäre jemand zufällig hereingekommen, so hätte er nicht bemerkt, dass er auf einen Dorfpfad geraten war und auf die rote Kuh mit prallen Flanken stieß, die nach gekautem Gras duftete, oder auf den mit Teig gefüllten Backtrog oder über die Angel des kleinen Jungen stolperte oder dass er mit seinem Fuß in eine nach dem Regen auf der Erde verbliebene Pfütze trat, in der Papierboote und Wolkenfetzen schwammen ...

Und welche Palette war schriller, welcher Bildstreifen war farbenprächtiger – das wirklich Geschehene: die sich auf dem Boden des Gedächtnisses abgesetzte Kindheit, oder das, was noch nicht geschah – das auf dem Bildschirm der Träume funkelnde ferne Leben – der Pazifische Ozean, die Inseln und Madrid? Wer weiß? Es war nur wichtig, dass in der Behaglichkeit, die Sandro Litscheli dank seiner seltsamen Methode errungen hatte, langsam und rauschend die beiden Bildstreifen liefen und die vergessene Vergangenheit und die unverwirklichte Zukunft wiederbelebt wurden.

Und waren die seelische Tiefe und das Kulturniveau des Chefarztes nicht wirklich erstaunlich, dass er seinem nervenschwachen Patienten nicht ein Medikament verschrieb, sondern einen Gartenspaziergang, das Lesen, Malen und Singen; die offenherzigen Gespräche von etwa zehn Uhr abends bis ein Uhr nachts. Und was sehr wichtig war, er überzeugte ihn von der Unantastbarkeit seines Aufenthaltsortes! Gleichzeitig bemerkte er zufriedenen Mutes, dass die beschriebene Kur sowohl dem Patienten als auch dem Kurierenden gut tat: Der Chefarzt, der weder Eltern noch Frau und Kinder hatte, eilte jeden Abend mit einer ungewöhnlichen Heiterkeit ins Krankenhaus.

Woher hätten einige Kranke ahnen können, dass sie ihre gesundheitlichen Fortschritte dem unsichtbaren Patienten Sandro Litscheli zu verdanken hatten? Sie müssten Sandro Litscheli dankbar sein, dass er, aus verschiedenen Gründen, von einer Nervenschwäche befallen war und seine Schritte ins Krankenhaus gelenkt hatte ... Sie müssten dankbar sein, dass es diese Ursachen gab (jeder Nachteil hat auch seinen Vorteil); dass sich aufgrund der späten und regelmäßigen Visiten des Chefarztes im Krankenhaus eine vollkommene Ordnung ausbreitete: Selbst der Fußboden in den Korridoren begann, wie ein Spiegel zu glänzen. Man hätte fast vom Boden essen können. In den Krankenzimmern, die gewöhnlich nach 18 Uhr dem Wartesaal eines Bahnhofs ähnelten, herrschte jetzt eine makellose Hygiene. Es tauchten Medikamente auf, die in der Abendzeit seltsamerweise vorher nie zu finden waren. Die Kranken wurden rechtzeitig injiziert, die diensthabenden Schwestern verwechselten die Ärzteverordnungen nicht mehr; auch No-Spa oder Biseptol teilten sie nicht mehr falsch aus. Die Putzfrauen gaben es auf, spät in der Nacht in den Krankenzimmern das Licht anzuschalten und einen Schwarzmarkt zu veranstalten: Unterwäsche, Wäscheklammern, die in Gefängnissen angefertigten Kupferkreuze und vieles mehr zu verkaufen. Die Kranken fassten Zuversicht, dass jemand um ihre Genesung wirklich besorgt war, dass es schon nicht so schlimm war – und stellen Sie sich vor, viele wurden auch gesund ...

Dem Mond, der sich von einer Wolke befreit, der sonst dieser wie einem Walfisch in den Rachen fällt, gelingt es trotzdem ab und zu mit seinem wechselhaften Schein die alten Bäume im Garten und die rechteckigen Fenster des Krankenhauses zu beleuchten, auf deren Fensterbänken die beschlagenen Flaschen und Einmachgläser mit bescheidener Nahrung der Kranken ausgestellt sind. Die gelben Blätter fallen auf die im Park zerstreut herumstehenden leeren blauen Bänke ... Dieser Garten gehört dem Krankenhaus, und auf diesen Bänken hüllen sich die Verliebten nicht ins Netz der Mondstrahlen (in anderen Parks aber sitzen sie zu dieser Zeit in großer Anzahl, jeder versunken im Atem des anderen). Irgendwo pfeift ein aufgescheuchter Nachtvogel und erschreckt die Nacht ... Alles erstarrt in der unbeschreiblichen Dämmerung und ruft den Menschen, sich in den Schoss der Nacht zu versenken.

Der Krankenhauswächter, wie auch Pförtner, wanderte nachdenklich über den roten Gartenpfad. Am Tage befiel ihn der Zweifel, dass die Mauer des Gartens an einer Stelle durchbrochen worden war. Am Abend waren aus dem Haupteingang des Krankenhauses Besucher herausgekommen, die er tagsüber nicht hereingelassen hatte, was für ihn pro Tag wenigstens sieben, acht Rubel Verlust bedeutete. Es schien, dass manche heimlich durch den Krankenhausgarten schlichen und durch den hinteren Eingang in das Gebäude gelangten. So ernsthaft in diese Überlegungen vertieft, schritt der Krankenhauswächter auf dem Gartenpfad und ließ die gelben Blätter rascheln, als er einen Schatten gewahrte, der sich von der Mauerseite in Richtung des Hauptgebäudes bewegte. Das Auftauchen des Schattens hielt der Wächter für die offensichtliche Bestätigung seines Verdachts: Irgendein seltsamer Kauz wollte ihn an der Nase herumführen und kam am späten Abend, gegen zehn Uhr, zu einem Kranken und wollte für solch eine Regelverletzung nicht einmal einen Rubel ausgeben! Der durch die Gewissenslosigkeit des Besuchers empörte Wächter versteckte sich erst hinter der riesigen Eiche, dann aber verkroch er sich ins Gebüsch ... Er hatte vor, dem Täter genau am Eingang eine Falle zu stellen und ihn für dieses offensichtliche Verbrechen – heimliches Eindringen in den Garten – mindestens fünf oder sechs Rubel bezahlen zu lassen. Plötzlich bemerkte er aber, dass das Gespenst einen großen und merkwürdigen Gegenstand in der Hand hielt. Das war weder ein Blumenstrauß noch eine Torte, weder ein kleiner Stuhl noch ein Kissen, weder ein Nachttopf noch ein Würfelspielbrett, nichts dergleichen, was gewöhnlich einem Kranken gebracht wurde. Nicht einmal ein kleiner Fernseher konnte das sein, der nach der Preisliste des Wächters neun oder zehn Rubel kostete ... Das war ... Nein, es fiel ihm überhaupt nichts ein, was der im weißen Tuch verhüllte riesengroße Gegenstand hätte sein können. Der Wächter wurde mucksmäuschenstill und hörte deutlich erst ein Miauen, dann ein Bellen! Diese Töne gab das Gespenst von sich. Offenbar zur Folge dieser Geräusche öffnete sich ein Fenster im zweiten Stock und jemand ließ ein weißes Seil (ein gedrehter Verband) herunter. Das Gespenst band den Gegenstand ans Seil und verfolgte aufmerksam, wie er nach oben gezogen wurde ... Es begann nach zehn oder fünfzehn Rubeln zu riechen, je nachdem wie streng verboten dieser Gegenstand war. Den Mond hatte wieder eine dicke schwarzgelbe Wolke verschlungen, und das Gespenst wurde in der Dunkelheit undeutlicher. Er begab sich auf den Eingang zu, und als das Gespenst sich der Tür näherte, sprang der Wächter geradewegs auf den Rücken des Verdächtigen.

Dieser drehte sich um, riss den tapferen Wächter mit einem Satz von sich herunter, versetzte ihm sogar einen Hieb, richtete die rollenden Augen auf ihn, nannte ihn einen Idioten und trat in das Gebäude ein.

Der Verstand des Wächters erwies sich in dem Moment in einer viel elenderen Lage als der eines beliebigen Idioten. In jeder Zelle seines Gehirns wurde es stockdunkel, und dieses herrliche Organ versagte weitere Erkenntnis: Es stellte sich heraus, dass die verdächtige Person, das Gespenst, der Chefarzt gewesen war.

Der Krankenhauswächter (wie auch der Pförtner), der sich im Empfangsraum auf dem Stuhl zurücklehnte, schlussfolgerte nach einer zweistündigen Erstarrung, gar einer Lähmung, dass er nichts gesehen hatte; dass seine selige Großmutter recht gehabt hatte, wenn sie behauptete, dass bei Vollmond Gespenster erscheinen; dass nachts im dunklen Park zu spazieren, nur einem echten Idioten einfallen konnte; dass er die verdammte Mauer am Tage überprüfen würde, wenn dank Gottes Gnade alles nur eine Täuschung war und der Chefarzt, ebenso wie er selbst, nichts gesehen hatte, ihm folglich auch keine Arbeitslosigkeit drohte.

»Donde estás, amigo mio? Sale la luna ...«, war im nummernlosen Krankenzimmer zu hören: Die herzbewegenden Klänge der Gitarre und das spanische Lied, ja, gesungen zwar auf dem Niveau eines Amateurs, aber so leidenschaftlich, dass im Zimmer ein Geist des Duende tanzend erschien. Der Chefarzt und sein bester Freund lächelten einander durch den warmen Nebel des Sarajischwili N2 zu und schaukelten sich rhythmisch, froh über die erfolgreich durchgeführte Operation, auf den Musikwellen ...

»Donde estás, amigo mio? Sale la luna ...«

»Wo bist du mein Freund? Der Mond steigt auf ...«

Ein Handtuch auf dem Telefonhörer oder »Ich komme bald, meine Teure«

Am siebten Tag bat Sandro Litscheli seinen Freund und Beschützer bescheiden, jemanden anzurufen und so zu tun, als ob er Sandro sei, als ob er aus Kutaissi telefoniere und als ob es ihm schlecht gehe, als ob er sehr bedauere, dass er die Angerufene so lange nicht gesehen habe, als ob es sein sehnlichster Wunsch sei, möglichst schnell in Tbilissi anzukommen und als ob er vorhabe, in den nächsten Tagen zurückzukommen ...

Sie sollen sich nicht wundern, liebe Freunde! »Als ob«, dieses vieldeutige sprachliche Phänomen, das irgendein tiefgründiges Ereignis unseres Daseins ausdrückt, und zwar das Nichtexistieren des Existierenden, bedeutete in Sandro Litschelis (und nicht nur in seinem) Leben eine wesentliche Dimension! Die beiden Hauptströmungen seines Lebens, sowohl die sichtbare (Arbeit, Familie etc.) als auch die unsichtbare (Reise etc.), flossen in einem von dem Stern mit Namen »Als ob« beleuchteten Raum zusammen. Die erste Strömung, weil sie war und auch nicht war: da Litscheli nicht mit seinem ganzen Wesen an ihr beteiligt war. Die zweite aber gab es nicht, und es gab sie doch, weil sie den wesentlichen Teil seines Wesens erobert und fortgerissen hatte.

Der Plan war ausführlich ausgearbeitet worden. Eine Probe wurde durchgeführt, bei der Sandro Litscheli die angerufene Person verkörperte: Er lag auf dem Bett, hielt den imaginären Hörer mit der Schulter ans Ohr und feilte sich ruhig die Nägel, der Chefarzt aber bedeckte seine Faust mit einem Taschentuch und sprach mit gedämpfter Stimme; dass er Sandro sei, dass anzurufen sehr schwer sei und dass er nur schlecht hören könnte. Dank des Taschentuches, der mikrofonartig geballten Faust und dem gespannten Kehlkopf hatte seine Stimme jegliche Eigenart verloren; das war einfach eine Stimme, die aus der Ferne kam. Der Chefarzt nahm den Papiervogel, auf dessen einem Flügel die Telefonnummer, der Vor- und Nachname standen, mit nach Hause und führte erfolgreich die zweite Aktion am nächsten Tag durch. Die sanfte Stimme der Frau nahm seine leidenschaftliche Information ruhig an und bestätigte ebenso ruhig ihre Sehnsucht nach ihm: Sie habe auf seinen Anruf gewartet. Der Chefarzt schrieb auf den zweiten Flügel des Papiervogels die Antworten der Frau und brachte ihn am selben Abend Sandro Litscheli zurück. Dieser zeigte aber kein besonderes Interesse am zweiten Flügel des Vogels und streckte stattdessen die Hand aus nach Sarajischwili N2 …

»El diamante de una estrella
Ha rayado el hondo cielo,
Pájaro de luz, que quiere
Escapar del universo...«

Abends trug der am Fenster erstarrte Sandro Litscheli ehrfurchtsvoll dieses Gedicht des großen spanischen Dichters vor, das ihn in besonderer Weise bewegte, deshalb hatte er es auswendig gelernt. Es war eine leise und feurige Deklamation, die ab und zu ins Singen überging: »El diamante de luna estrela, a raiado el ondo cielo, pajaro de lus, ke kiere eskapar del universo.« Dann übersetzte Sandro Litscheli den vor dem Fenster würdevoll stehenden Bäumen, die von ihm vorgetragenen Verse ins Georgische (vielleicht dachte er, dass die Bäume, da sie in Georgien lebten, Georgisch besser als Spanisch verstanden): »Die Facette des Sterns kratzte wie ein Diamant den Spiegel des Himmels auf. Der Lichtvogel will fort aus der Welt fliegen.« Selbstverständlich war das eine schöpferische Übersetzung und keine wortwörtliche. Zum Beispiel ist im Original die Facette gar nicht erwähnt und der Spiegel auch nicht. Aber da der Stern mit einem Diamanten verglichen und gesagt wird, dass er wie ein Diamant die Himmelstiefe zerkratzt und durchschneidet, verlieh Sandro Litscheli diesem Vergleich mehr Schärfe und Intensität. »Eskapar del universo« – genau diese letzte Zeile ging in einen Gesang über und wiederholte sich: »... Fort aus der Welt fliegen.« Die besondere Erregung Sandro Litschelis, die er beim Singen dieser Worte verspürte, lässt mich denken: Eine Flucht in solchem Ausmaß sollte auch für ihn nicht fremd sein: das Fortfliegen aus der Welt, der Wunsch, wie ein Stern zu entgleiten! Und wer weiß, vielleicht war dieses lokale Streben (nach Madrid und zu den Inseln) die konkrete Verkörperung des grenzenlosen mystischen Triebs oder ihre erste Stufe?!

Schließlich beendete Sandro Litscheli den vom Fenster aus veranstalteten Deklamationsabend mit einer in veränderter, wehmütiger Stimme vorgetragenen Zeile: »El manantial besa al viento sin tocarlo ...«

»El manantial besa al viento sin tocarlo ...« – »Der Springbrunnen küsst den Wind, ohne ihn zu berühren.«

Auf welche Seelenbewegung Sandro Litschelis deutete diese schöne aber kühle und strenge Metapher? Warum liebte er gerade diese Zeile? Was sagte sie ihm? Sprach er (Litscheli) etwa metaphorisch und drückte auf diese Weise (unbewusst) die Vergeblichkeit seines Strebens und seiner Wünsche aus? Den Springbrunnen hielt er für seine unruhige Seele, den Wind aber für all das, wonach er sich sehnte, was er sich erträumte, was er einzufangen strebte ... »Der Springbrunnen küsst den Wind, ohne ihn zu berühren« ... Vielleicht begriff er, dass den Menschen nur eine kaum spürbare Berührung mit dem flatternden Glück verbindet? Oder vielleicht legte er einen ganz anderen Sinn in diese Zeilen, vielleicht ging er noch weiter (besser gesagt – noch tiefer) und dachte, dass auch die menschliche Seele insgeheim etwas Unsichtbares berührt: wie die weißen Lippen des Springbrunnens den Wind! Letzten Endes sind diese Zeilen doch aus einem Gedicht, das den Titel »Der Tod in der Morgendämmerung« trägt.

Ich weiß nicht genau, was Sandro Litscheli eigentlich dachte, vielleicht las er einen Sinn aus diesen Zeilen heraus, den der Autor gar nicht gemeint hatte. So oder so, die Deklamation endete in der dunklen Bläue des Spätabends immer mit der kühlen und weißen Zeile: »Der Springbrunnen küsst den Wind, ohne ihn zu berühren.«

Dann aber flanierte Sandro durch den nächtlichen Garten, ab und zu beugte er sich, um ein gelbes Blatt aufzuheben, sang halblaut mal georgisch, mal spanisch vor sich hin: »Wo bist du, mein Freund? Der Mond geht auf.« (Ich persönlich hege Zweifel, dass diese Zeile vollkommen von Sandro ausgedacht worden ist, aber sie muss von ihm schöpferisch ausgearbeitet sein. Meiner Meinung nach sind hier zwei verschiedene Sätze miteinander kombiniert: Der erste Satz soll aus dem Lehrbuch der spanischen Sprache stammen, und zwar aus dem Paragrafen »Der Fragesatz«, den zweiten aber entdeckte ich wiederum in García Lorcas Gedicht: »Der Mond geht auf«.)

Wie erstaunlich wurde dieser Herbst zum stillen Frühling seiner Seele! Sandro Litscheli war überzeugt, dass dieser Vollmond leise zu ihm flüsterte: »Dein Herz, Sandro, ist ebenso voll wie mein Körper.« Tagsüber aber, wenn er den Vögeln das Futter aufs Fensterbrett streute, streichelte die Herbstsonne sanft über seinen Kopf und sagte: »Sei ruhig, Sandro, alles wird schon gut sein.«

Mein Herz ahnt, dass sich inzwischen, wenn nicht Anklagen, so zumindest Vorwürfe, auf jeden Fall aber Bemerkungen gegen Sandro Litscheli angesammelt hätten. Mir scheint, dass manche, wenn nicht öffentlich, so ganz bestimmt in ihren Herzen über Sandro Litscheli gesagt hätten: Wie leichtsinnig und egoistisch dieser Sandro Litscheli, oder wer er auch sein mag, ist! Ringsum geht die Welt unter, die ganze Menschheit zittert vor verschiedensten Gefahren, er aber denkt unaufhörlich nur daran, sich zu amüsieren, in seinem Alter! Mit welchen Dummheiten er sich auch nicht beschäftigt! Keine unserer Probleme kümmern ihn! Und überhaupt, wie leichtsinnig es ist, sich eine sinnlose Reise einzuhämmern und den Kopf mit nutzlosen Träumen vollzustopfen! Und dann diese Besessenheit für spanische Lieder und dieses »Sale la luna« in Vollmondnächten, als ob ein georgisches Lied weniger ergreifend wäre! Es wäre doch viel besser, wenn er sich in solchen Augenblicken an heimatliche Melodien erinnert hätte: Zum Beispiel, »Ach, du Mond, du Mond, du Trost der einsamen Herzen« oder »Sing mir etwas im Mondschein«!

Weiter, bitte, weiter! Ich bin nicht so naiv wie Sandro Litscheli, und mit derlei (manch ehrlichen und manch absichtsvoller) Fragen werden Sie mich nicht durcheinanderbringen. Diese Fragen habe ich berücksichtigt, schon bevor ich angefangen habe, Sandro Litschelis Geschichte zu erzählen. Deswegen werde ich jetzt gleich versuchen, Ihnen die Grundlosigkeit dieser Anmerkungen deutlich zu machen. Denken Sie aber nicht, ich sei Sandro Litscheli gegenüber voreingenommen! Zum Beispiel gefällt es mir auch nicht, dass er am Anfang so vergeistigt geschwindelt und so viele Leute gefoppt hat! (Ja, doch, Sie haben es richtig verstanden, ich sagte »vergeistigt«! Und es bedeutet, dass Litscheli selber an seine Phantasien glaubte, also in dem Moment, im Moment des Lügens, ehrlich war. Gäbe es ein Gerät, das einem Fieberthermometer ähnlich wäre, und die Lüge messen könnte, hätte es in dem Moment keine Lüge angezeigt. Also bleibt auch diese Frage offen.)

Jetzt aber werde ich erst einmal die vorgebrachten Anmerkungen gruppieren und sie nacheinander beantworten:

1. Sandro Litscheli ist ein Egoist, der von allgemeinen gesellschaftlichen Problemen losgerissen ist und nur an sein Vergnügen denkt.
2. Litscheli bevorzugt das Fremde vor dem Heimatlichen.
3. Sandro Litscheli ist ein nutzloser Mensch.

Ich beginne mit den Antworten:

1. Sie versetzen mich in Erstaunen, Freunde! Erst seit sieben Tagen ja hat sich Sandro Litscheli der Einsamkeit überlassen! Die restlichen siebenundzwanzig Jahre hat er doch ehrlich gearbeitet, ohne irgendwohin gefahren zu sein! Und nach Ablauf dieser zwei Wochen wird er doch weiter arbeiten! Warum fallen Ihnen eben diese sieben Tage auf?! Ist es denn so ein großes Verbrechen?! Und wenn wir uns an ein schönes Gedicht eines unserer Dichter erinnern, vielleicht singt Sandro Litscheli eben über seine letzten Tage und die letzte Freude wie ein »zitternd auf der Sonnenblume sitzender Schmetterling«! Wer weiß, vielleicht erwarten ihn noch viel schwierigere und freudlosere Tage, und diese zweiwöchige Erholung hat ihm der Herrgott herabgesandt, um ihn wieder zu Kräften kommen zu lassen. (Nun, was bleibt mir noch übrig! Um einen Menschen wie Litscheli zu verteidigen, muss ich die Dichter zu Hilfe herbeirufen, denn wer könnte mich in dieser Sache besser unterstützen!)

2. Über die zweite Frage habe ich Ihnen schon oben berichtet, aber wie es aussieht, haben Sie meine Worte außer Acht gelassen. Die Sache ist eben die, dass das Ferne und das Nächste – für die menschliche Seele, für unser Leben, zwei gleichermaßen unentbehrliche Phänomene sind, die einander nicht ersetzen können. Wenn der

Mensch nur im Nächsten und Heimatlichen verbleibt, wo er sich an der Wärme und Gemütlichkeit labt, so ist daran nichts Lobenswertes. Er soll auch von etwas Fernem gerufen und angezogen sein können. Und falls er dieses Ferne erreicht hat, soll er dann von dem Ferneren gerufen und ergriffen werden. Denn, wie bekannt, liegt es im Wesen des Menschen, sich nicht mit dem Erreichten und Errungenen zufrieden zu geben. Wie Sie es wahrscheinlich schon eingesehen haben, gebrauche ich das Wort Ferne im allgemeinen Sinne. Für den einen kann es ferne Länder bedeuten, für einen anderen ferne Sterne oder wie Sterne funkelnde ferne Ziele, für einen weiteren aber könnte das Ferne unsichtbare Welten sein. Was aber Sandro Litscheli betrifft, so sah für ihn dieses Ferne wie Spanien, der Ozean und die Inseln aus. Also, wenn seine Seele dieses Ferne umflatterte, würde er natürlich Spanisch und nicht Georgisch sprechen (sonst riefen Georgien und alles Georgische tiefe, für die anderen nicht leicht begreifliche, Schmerzen in seinem Herzen hervor, sodass er es bevorzugte, darüber zu schweigen).

3. Was die dritte Bemerkung angeht, so kann ich mich hier des Ärgers nicht erwehren! Es wurde etwas über Sandro Litschelis Leichtsinnigkeit und Nutzlosigkeit gesagt! Zuerst lassen wir die Tatsache in Ruhe, dass der Traum

eine praktische Bedeutung hat und – wie heute sogar die Kinder wissen – der ewige Herd aller möglichen Erfindungen und Innovationen ist, selbst im Bereich der exakten Wissenschaften, die eben durch das Träumen und Phantasieren angeregt werden und nicht etwa durch pedantisch geregelte Köpfe! Ja, ich wiederhole eine bekannte und mehrfach geäußerte Meinung: Gäbe es keine wunderlichen, aus der Spur gesprungenen Träumer wie Sandro Litscheli, hätte die Menschheit weder Schiffe noch Flugzeuge erleben können! Und welcher gescheite Mensch würde ernsthaft behaupten, dass es in der Welt einen einzigen Staat gäbe, der im praktischen Bereich keine Erfindungen, Entdeckungen und neue Ideen hätte brauchen können! Sonst weiß ja jeder, dass die an das Fliegen und Schweben gewöhnten Seelen Virusträger der Freiheit sind, sodass eben dank ihnen diejenige (geistig vorbereitete) Epidemie der Rebellionen gegen die Knechtschaft ausbricht. (Wenn auch dieser Aufruf im Werk der berühmten Kaste solcher Träumer – wie Dichter – nicht offensichtlich wäre, wirkt er dort so stark, sogar unsichtbar, dass man die Unterjochung der Völker oft mit der Ermordung der Dichter beginnt. Eben die Gedichte eines solchen Dichters las doch Sandro Litscheli mit zitterndem Herzen vor!) Und manchen Staaten, die auf Ungerechtigkeit basieren (in dieser sowieso zugespitzten Situation werde ich sie aus Vorsicht nicht nennen), liegt es nicht am Herzen, diese erwähnten virustragenden Geister und ihr, sozusagen, Flattern zu ertragen. Aber, es stellte sich doch heraus, dass das Träumen eine praktische Bedeutung hat! Also, was bleibt diesen Staaten anderes übrig! Müssen sie doch die Phantasiebilanz irgendwie beibehalten. Sonst hätten sie ihre helle Freude daran gehabt, wenn ihre Innenräume nur von wie flügellosen, wie buchsbaumgleich beschnittenen Wesen erfüllt werden! Gott sei Dank, dass das Träumen eine praktische Bedeutung hat! Gott sei Dank, dass das Träumen unsichtbar ist, sonst hätte man es den besonders gefährlich Träumenden wie das Haar geschoren!

Gut. Jetzt hören Sie genau zu. Ich breche mein allgemeines Gespräch über Phantasie und Einbildungskraft an dieser Stelle ab und bereite ein Argument vor, kraft dessen selbst den mit mir streitenden größten Zynikern und Pragmatikern ein einziger Weg bleibt – der Weg zum völligen Schweigen, das in unserer Zeit nicht immer, aber in unserem Falle wieder ein Zeichen des völligen Einverständnisses sein wird.

Haben Sie etwa vergessen, was Sandro Litscheli auf dem bekannten Platz in Madrid sang? Versuchen Sie sich seiner Worte zu entsinnen! »Überall sind Leid und

Freude ... So kommt, trösten wir uns, lächeln wir einander an«, oder »Teilen wir Fest und Not ...«

Und dann, was kann es bedeuten, wenn ein fremder Mann einem unbekannten Volk so was sagt und sein Leben lang Geschenke für die Inselbewohner und Madrider sammelt? Das bedeutet Völkerbefreundung! Das bedeutet den innigsten Wunsch, zwischen den Völkern, Frieden, Liebe und Freundschaft zu stiften! Und was hätte in unserer Epoche, die sich so krampfhaft dem Ende von zwanzig langen, stürmischen Jahrhunderten nähert, aktueller sein können! Stellen Sie sich mal vor, Sandro Litscheli wäre wirklich mit seinen herzergreifenden Liedern in einem fremden Land erschienen und hätte erklärt, wie sehr er dieses Land und diese Leute liebe, Grund- und selbstlos! Und er hätte dabei auch im Namen seines Landes gesprochen! Was für ein aufregendes Beispiel wäre das für alle Nationen und Länder! Seine glühenden Augen und ansteckenden Melodien hätten mehr zustande gebracht als die endlosen Friedenskonferenzen, Kongresse oder Seminare. Und daran habe ich doch keine Schuld und umso weniger Sandro Litscheli, dass niemandem in den Sinn gekommen war, seine flammende Seele in den Dienst dieses großartigen Ziels zu stellen!

Jetzt aber werde ich keine Zeit mehr verlieren, keine

Minute mehr im Streit mit meinen nörglerischen Gegnern vergeuden! Stattdessen werde ich die mir übrig gebliebene Zeit weiter für die Erhellung der erstaunlichen Wege der Seele und des Lebens von Sandro Litscheli nutzen, mit der schwachen Laterne, die ich zur Hand habe.

Dehar

1. Ein blauer Stoff – auf einem kleinen runden Tisch, darauf eine gelbe, undurchsichtige Glasvase, in der Vase – ein kleiner Dillstrauß (Was für eine schöne Pflanze ist der Dill!). Daneben ein altes, schwarzes Buch im dicken Einband, geschlossen; auf dem Buch ein dunkelgrüner Aschenbecher und daneben eine große dunkle Orange. Das alles – vor einem grünlich-bläulichen Hintergrund einer Wand oder eines Vorhanges …

2. Eine schwarze, hohe, flimmernde, schlanke Flasche. Daneben – eine große, rosafarbene Muschel. Zwei durchsichtige, weiße Trinkgefäße auf der fast violetten Tischdecke. Daneben ein kleiner Zweig. Was wäre besser? Ein Tannenzweig? Nein. Ein kleiner Kirschzweig, übersät mit blutfarbenen Kirschen …

3. Ein spiegelglatter grüner See. Ein Boot am Ufer. Die Sonne geht unter. Alles umhüllt vom dunklen rosafarbigen Licht. Die Silhouette eines Mannes am Seeufer. Er steht am Ende eines Pfades, der zum See führt. Er beschattet seine Augen mit der Hand und beobachtet angespannt etwas im See … Ringsum Schilfgras …

4. Riesiger Mond. Die alten Turmzinnen – als ob direkt auf den Mond gemalt ... Schwarze Zypressen ... Ein von deren Wipfeln auffliegender schwarzer Vogel mit feuerfarbenen Augen.

5. Am Ozeanufer – steht ein Mann neben einem umgedrehten Boot ... Der Mann trägt einen breiten Gürtel, sein weißes offenes Hemd flattert im Wind, das Haar ist zerzaust. Die Luft – klar, kühl. Das Wasser grünlich. Die Sonne geht auf. Alles glänzt: das Wasser, die Augen des Mannes. Der Mann streckt die Hände aus, den Kopf neigt er nach hinten, als ob er sagt: »Hey, holla, grüße dich, Sonne ... ich warte auf dich ... ich liebe dich ...«

Was ist das? Das sind die Gemälde von Sandro Litscheli. Schon früher, vor Jahren, malte Sandro Litscheli solche und ähnliche Bilder, und hierfür brauchte er nicht erst wie verrückt nach Ölfarben, Leinen und Pinseln zu suchen. Und niemand hätte ihm vorwerfen können, er beschmutzte und beschmiere etwas. Er brauchte weder eine Ecke für sich, noch viel Zeit – nur ein paar Sekunden. Das war wohl die schnellste und billigste, und gleichwohl eine erstklassige Methode, weil sowohl das Leinen als auch Farben, Pinsel und Rahmen aus dem Stoff seiner Gedanken gewoben waren. Wo könnte man

Pinsel oder Farben solcher Qualität finden? Welches Ultramarin oder Кадмий лимонный konnten mit den leuchtenden, üppigen, frischen Farben verglichen werden, die aus dem Stoff der Einbildungsgskraft von Sandro Litscheli gefertigt waren! Ganz von dem Vorteil zu schweigen, dass sie nicht nach einer gewissen Zeit austrocknen würden und neuen Lack zur Wiederauffrischung gebraucht hätten. Sie wurden geschaffen, wenn Sandro Litscheli im Bett lag und nicht schlief. Die Familie war tief im Schlaf versunken, Sandro in sich. Oder wenn er bei der Arbeit saß, ohne etwas zu tun, den Kopf auf die Hand gestützt (als ob diese zwei Teile seines Körpers sich gegenseitig trösteten), und durch die riesigen Bürofenster alte, schäbige Wände des davor errichteten Gebäudes oder die weiten, kahlen Hügel traurig auf ihn herüberschauten. Und noch einen Vorzug hatte diese Methode: Man konnte in beliebiger Position malen. Einen einzigen Mangel hatten diese Gemälde – sie waren nicht zu sehen. Das war die unsichtbare Gemäldegalerie von Sandro Litscheli. Na und?

Vielleicht existiert in einem geheimen Raum des Weltalls eine Galerie oder Bibliothek, in der alle im Traum gemalten Bilder gesammelt werden könnten, und alle im Traum geschriebenen Gedichte und Erzählungen. Vielleicht gibt es eine unscheinbare Wohltäterin, welche die im Traum geschaffenen, aber nicht verwirklichte Werke der Pechvögel, Verrückten, Verwirrten, früh Verstorbenen und Selbstmörder sammelt? Vielleicht gehen all diese nebligen Werke, die ihre Schöpfer dem Wahnsinn, Tod, Elend und anderem Unglück in ihren Träumen entrissen haben, in ihre Hand über. Ich weiß nicht, wie diese Wohltäterin aussieht – wie ein Cherub mit vier Flügeln oder wie ein Seraph mit sechs Flügeln? Ich stelle sie mir wie ein Wesen mit ozeanfarbenen Augen (ich nenne sie Dehar), mit silbernem, wellenförmigem Haar, Kleid und Überwurf vor. Ihr Reich liegt anscheinend auf dem Boden des Ozeans. In ihrer Galerie bewegt sich alles, zittert, flimmert, wandelt sich; die Farben auf den Bildern wechseln einander fortlaufend ab, es sind ja nicht geschaffene Werke und ihre Schöpfer hatten nicht entschieden, welche Farbe auf dem Bild bleiben würde: das Tiefblau oder das Dunkelgelb? Deshalb erscheint bald die eine Farbe, bald die andere. Die Menschen und Tiere auf den Bildern ändern ihre Positionen und den Gesichtsausdruck, weil ihre Schöpfer sich nicht für ihren endgültigen Stand und endgültiges Aussehen entschieden haben. Sie sahen diese Figuren jedes Mal anders.

Ähnlich verhält es sich mit der Bibliothek – ein Werk hat dort oft mehrere Anfänge oder Enden, einige Buchpersonen sind stark ausgeprägt, andere bleiben diffus, wie aus Nebel gebastelt …

Aber dort ist alles geheftet – alle Umrisse, alles, was in Gedanken geschaffen wurde … Und man hört die nicht komponierten Melodien, und im unermesslichen Raum sieht man die sich bewegenden Statuen, Dome und Paläste, die aus Traumstoff erbauten Gebäude, die nie tatsächlich gebaut worden sind. Die Wohltäterin hat einen sehr präzisen Wertmaßstab und einen erlesenen Geschmack: Sie sammelt nur die echten, aber unsichtbaren, nie geschaffenen Meisterwerke der Kunst … Diese seltsame Sammlerin geht leise an den Wänden der Gemäldegalerie vorbei, besichtigt die Bilder mit ihren ozeanfarbenen Augen, hört Musik und denkt: »Traum, Traum, Traum. Nichts geht verloren. Das Unsichtbare bleibt – unsichtbar.« (Oh, du mächtige Gottheit Dehar! Ich will, dass es dich gibt!)

Wenn es alles so wäre, dann würden Sandro Litschelis Gemälde gewiss auf einem Ehrenplatz in dieser Galerie ausgestellt sein. Jetzt sehen Sie doch die Vorzüge des Schaffens im Traum! – Die unverwirklichten Werke können zumindest in die Galerie von Dehar gelangen. Aber wie viele geschaffene Meisterwerke sind verwahrlost geblieben und gingen zugrunde! (Weder ein Platz in einer Galerie noch ein warmes Wort war ihnen jemals zuteil geworden.) Und wie viele werden noch verloren gehen! Und obwohl sie geschaffene Meisterwerke sind, werden sie auch nicht in die Galerie der Ungeschaffenen gelangen können!

Ach, ihr unruhigen Seelen! Ihr, nach der Schönheit und der Freude Strebenden! Ihr, dürstend nach Geheimnissen! Ihr, Leidenden, auf dem Weg der Erkenntnis! Lassen wir die unsichtbare Galerie beiseite, doch vielleicht findet Ihr nie ein besseres Heilmittel, einen festeren und haltbareren Stoff als eure Einbildung. Der Traum – dieses durchsichtige Gewebe, der Stoff, leichter als die Luft, der feinste Teil unserer unsichtbaren Seele, der vielleicht vom Leben inspiriert ist, ihm aber in einigen Punkten stets zuvorkommt.

Jetzt aber zeichnete Sandro Litscheli in seinem nummernlosen Zimmer mit dem Bleistift, zeichnete die Ansicht, die er aus seinem offenem Fenster sah …

Es geschah am zehnten Tag nach der Flucht Sandro Litschelis aus Tbilissi ins Krankenhaus. Das Schicksal hatte es so verfügt, dass der Chefarzt das Krankenhaus und sogar Tbilissi ganz unerwartet für zwei Tage verlassen musste. Vor seiner Abfahrt rief er die oberste Krankenschwester extra zu sich und wies sie aufs Strengste an, dafür zu sorgen, dass niemand seinen engsten Freund unnötig störte ... »Ich lasse ihn hier in Ihrer Obhut. Nun, ihr wisst, was zu tun ist ...«, fügte er hinzu, hielt das Gespräch für beendet und ging mit finsterem Gesicht durch den Korridor.

Aber wie schicksalhaft sich eben dieser letzte Satz erwies – »Ihr wisst, was zu tun ist!« Woher konnte der Chefarzt ahnen, dass alle diesen Satz auf ihre eigene Weise interpretieren würden, und alle nicht ein und dasselbe wussten! Ja, man begriff leider nicht, dass diese Worte nur eins bedeuteten: Das Personal wurde beauftragt, die Ruhe des »schwer kranken Patienten« auf strengste Weise zu bewachen und das nummernlose Krankenzimmer weder selbst zu betreten, noch jemanden dort hineinzulassen!

Nachdem der Chefarzt weggegangen war, belebte sich das ganze Krankenhaus sichtlich. Man hörte fröhliche

Ausrufe und ab und zu sogar ein halblautes Singen im Korridor (all das von der Seite des medizinischen Personals). Unerwartet erwies es sich, dass die Oberschwester dringend etwas zu erledigen hatte. Sie bat den am selben Tag aus dem Urlaub zurückgekehrten Stellvertreter des Chefarztes mit gequältem Gesicht, sie von der Arbeit zu befreien. Sie übergab ihm auch die Worte des Chefarztes voreilig und vergaß dabei auch »Ihr wisst, was zu tun ist« nicht. Der Stellvertreter, der gar nichts vom Zustand des neuen Patienten wusste, führte gleich zu Beginn der Visite das ganze Gefolge ins nummernlose Zimmer. Sandro Litscheli starrte die Eingetretenen mit einem unbeschreiblichen Staunen an. Aber bald begriff er, dass dieses Missverständnis die Folge der Abreise seines Freundes und Beschützers war. Er wurde sogar fröhlich und dachte, ein oder zwei Tage könnte er das schon aushalten. Um die Konspiration aufrechtzuerhalten, beantwortete Sandro Litscheli das Handdrücken des Professors auf seinen Bauch mit einem leidenden Gesichtsausdruck und mit »Tut weh«. Und wenn er zweimal »Tut weh« sagte, fügte er beim dritten Mal »Weniger« hinzu. Dann änderte er die Reihenfolge: »Tut weh«, »Tut weh«, »Weniger«, »Tut weh«, »Weniger«, »Tut weh«, »Weniger«, »Tut weh«, »Tut weh«.

Der Professor schaute sich das Fieberblatt an. Hier

fixierte der Chefarzt abends die von Sarajischwili N 2 hervorgerufene Anspannung: Und da war zu sehen, wie die Temperatur zwischen sechsunddreißig und achtunddreißig Grad irgendwie rhythmisch schwankte. Der Professor konzentrierte sich angestrengt auf dieses Bild. Dann verlangte er die Krankengeschichte. Auch die Testergebnisse (die der Chefarzt zusammen mit dem Patienten an einem lustigen Abend zwischen Liedern und Trinksprüchen zusammengestellt hatte) bestätigten den Verdacht des Professors. Und er, der für seine schnellen Diagnosen und Entscheidungen bekannt war, raunte seinem Gefolge schon im Korridor mit leiser Stimme etwas zu. »Wir dürfen keine Zeit mehr verlieren. Alles müssen wir tun, was in unseren Kräften liegt.« – Das war der letzte Teil der allgemeinen Schlussfolgerung.

Sandro Litscheli aber, sobald sich die schwere Tür geschlossen hatte, sprang auf und verbeugte sich, ganz wie Charlie Chaplin, vor der Gesellschaft, die soeben das Zimmer verließ; er schwenkte den imaginären Hut vor seinen Knien und warf ihn dann zur Decke. Er hatte noch vier Tage vor sich. Vier Tage des kostenlosen Urlaubs, der kostenlosen Erholung und der kostenlosen Einsamkeit. Und darauf folgte das Wochenende, sodass ihm sogar noch sechs freie Tage zur Verfügung blieben.

Also konnte er in aller Ruhe nachdenken, abends im leeren herbstlichen Garten spazieren gehen, malen, wieder reisen, Tagebuch führen, das zu schreiben, er hier angefangen hatte, spielen und singen ... Spanische Lieder singen für seine wunderschöne Zuhörerin, die in einem gelben Kleid auf einer Wolke lag ... und ihr blasses, vom blonden Haar umringtes Gesicht ruhte auf einem blauen Kissen. (Aber manchmal erhob sie sich, schüttelte stolz den Kopf, warf ihr dichtes Haar nach hinten und verharrte so für eine Sekunde regungslos. Dann waren die gebeugten Arme versteinert, die halb zur Faust geballten Hände, die eine an der Schulter, die andere unter der Brust, erstarrt in der Gespanntheit eines straffen Bogens oder eines unterdrückten Schluchzens und dann – o Gott, was war das! – die Hände streckten sich aus! Der ganze Körper bewegte sich in zackigen Formen, bäumte sich auf und stieß gleichzeitig ein gefährlich besänftigendes und glühendes »Olé« hervor! Der rechte Unterschenkel glitt über den linken wie eine Welle, die Hüfte und die Schulter mit sich gezogen, und wieder das heiße »Olé!« Und das Prasseln der Kastagnetten sprühte wie Funken ringsum – die Sterne blitzten – oder es fielen vielleicht die Pesos klirrend auf einen spanischen Platz. Es machte nichts, dass sich in diesem Moment die Enisseli-Flasche mit ihrem honigfarbenen Gehalt verabschiedete, sie ließ die hellen Strahlen des Kronleuchters ungehindert durch sich hindurch, Litschelis honigfarbene Augen aber funkelten ganz fremdartig.)

Die Hauptsache war, dass er auch später, immer wenn er Lust haben würde, hierher, zu seinem Freund, der Profilaxe wegen kommen und zwei, drei Tage (beispielsweise an einem Wochenende) in diesem ruhigen und abgeschiedenen Zimmer verbringen konnte. Also – es war alles nicht so schlimm, wenn man irgendwo seine Insel hatte. So konnte man leben.

Am Abend empfing Sandro Litscheli mit gewissem Humor die Krankenschwester, die schüchtern an die Tür klopfte und ihm bekannt gab, dass man ihm einen Einlauf machen müsse. Mit großer Ehrfurcht berührte sie mit dem Klistierröhrchen Sandro Litschelis Mastdarm, entschuldigte sich sogar und verließ in aller Eile das Zimmer, nachdem sich der Ballon geleert hatte. Nach einer Weile spürte Sandro Litscheli die angenehme Leere seines Bauches und schlief in bester Laune ein. »Sie sollen bis morgen früh zehn Uhr nichts essen« – diese Worte der Schwester erreichten bloß eines seiner Ohren und dies auch nur flüchtig.

Am Morgen nahm Sandro Litscheli zunächst eine reichliche Dosis von Sarajischwili N 2 ein, aß danach eine Tafel Schokolade und stellte sich auf dem Fensterbrett auf den Kopf. Wer hätte jetzt sagen können, dass Sandro Litscheli seelisch entkräftet sei?! Versuchen Sie mal einem beliebigen siebenundvierzigjährigen Mann die völlige Freiheit zu geben – schließen Sie ihn in ein abgesperrtes, abgeschiedenes Zimmer ein – und warten Sie ab, ob er Lust bekommt, zu springen, zu singen, auf dem Kopf zu stehen und auf dem Tisch zu liegen! Er ist erschöpft, das Kind in ihm ist schon alt geworden, er hat seine Lebenslust verloren, er wird sich hinlegen, von der Depression gepackt. Er lässt nicht, wie Sandro Litscheli, Papiervögel aus dem Fenster fliegen!

Gerade in dem Moment, als Sandro sich den N 2 nochmals einschenkte (dem er sich an diesem Morgen besonders hingegeben hatte, ich weiß nicht warum), klopfte es an der Tür. Die Schwester, diesmal eine andere, entschuldigte sich, bat um Erlaubnis, ihm eine Spritze zu geben und stach ihn nach seiner ritterlichen Einwilligung zart in sein Hinterteil, was er dank N2 gar nicht spürte. Auch danach lief er der jungen Frau mit dem üppigen Busen heiter hinterher, da sie ihn irgendwohin zu begleiten anbot.

»Sie wissen doch alles, sind doch bereit?«, lächelte sie Sandro im Gehen an ... Ohne Worte, mit breit entfalteten Händen, bestätigte Litscheli seine unklare Bereitschaft.

Auch im Operationssaal war Litscheli nicht irritiert. Als man ihn aufforderte, sich auszuziehen und auf den Operationstisch zu legen, verwunderte ihn dies ein wenig. Aber die Worte des Professors – in etwa dreißig Minuten werde alles vorbei sein, er werde nichts spüren – beruhigten ihn, er wähnte sich in einer originellen, doch harmlosen Untersuchung. Als man ihm dann das Novokain in den Bauchmuskel einspritzte, empfand er das als unangenehm. Und als er in der Hand des Professors die schimmernde Lanzette bemerkte, setzte er sich auf: »Was soll das?« »Der Blinddarm ist nichts als eine Kleinigkeit«, antwortete man ihm mit höflicher Verwunderung. Das wilde Geschrei von Sandro Litscheli und sein blitzartiger Sprung vom Operationstisch ließ alle Anwesenden für eine Sekunde erstarren, aber sie kamen schnell wieder zu sich, ergriffen ihn und schnallten den nackten Reisenden auf dem Tisch fest. Der Patient brüllte und schlug um sich. Der durch diese Raserei irritierte Chirurg verlangte schnellstens die Narkose ... Und das letzte Bild, das die Augen Sandro Litschelis wahrnahmen, war ein mikrofonähnlicher Gegenstand, der sich langsam seiner Nase näherte.

Dann aber geriet er in einen wundersamen Nebel: Gott weiß, wie sich in Litschelis unruhigen Gehirnzellen die kostbare Flüssigkeit Enisseli und das Narkosemittel Chlorethyl vermischten ...

Gott weiß, wie in Litschelis denkenden Zellen diese zwei Stoffe einander tolerieren würden – diese zwei Stoffe, so unentbehrlich für das mit so viel Schmerzen belegte Wesen: der eine, der erregend und belustigend, der andere, der lähmend und einschläfernd wirkt. Sie durchnässten die Gehirnwindungen Sandro Litschelis so, wie der warme Frühlingsregen den Ackerboden bewässert. Aber wie kann man hier Regenwasser, das sich so vertraut mit der heimatlichen Erde vereinigt, als Vergleich anbringen? Wie kann man dieses schlichte Zusammenspiel mit der sonderbaren Alchemie vergleichen, die jetzt in Sandro Litschelis Organ der Erkenntnis wirbelte! Sandro Litscheli fühlte und begriff(!), wie man in seinen Leib schnitt (was anscheinend der Verdienst Enisselis war, der dem Chlorethyl heftigen Widerstand leistete und ihn daran hinderte, die aktivsten Zellen des Gehirns zu lähmen). Ja, Sandro fühlte und begriff, wie man ihm einen recht merkwürdigen Gegenstand herausschnitt – ein weißes Luftschiff (einen weißen Mond?), in dem Sandro Litscheli mit der Liebe aus seiner Kindheit saß und langsam in die Luft aufstieg (diese Vision aber muss für die gemeinsame Leistung dieser beiden Stoffe einerseits und der geistigen Struktur des Patienten andererseits gehalten werden). Das Luftschiff erhob sich im Operationssaal höher und höher und flog in Richtung der breiten Fenster, es strebte in die Freiheit, es strebte in die Weite, es wollte fliegen – wohin? Nur ein unaufmerksamer Mensch kann nicht sehen, wohin Sandro Litschelis Luftschiff fliegen würde, dieser sonnenhelle, fliegende Ballon, der so leicht und schillernd war wie eine rosafarbene Seifenblase.

»Er schreit und springt, warum wirkt die Narkose nicht?«

»Ich weiß nicht, Herr Professor, wir haben ihm die maximale Dosis gegeben!«

»Ja, aber erklären Sie mir, was das für ein Narkosemittel ist, haben Sie es etwa selbst hergestellt? Während der Operation hat es nicht gewirkt, jetzt aber können wir ihn nicht zurückholen! Rufen Sie das Reanimationsteam! Schnell! Massage! Spritze!«

Ja, sie wendeten die Herzmassage und die Injektion an, gaben Sandro Litscheli heftige Ohrfeigen, übergossen ihn mit kaltem Wasser (diesmal im direkten Sinne des Wortes. Im übertragenen Sinn hatte man ihn ja bereits übergossen, und zwar mit ausreichender Dosis, das ist doch klar!), Sandro Litscheli aber verblieb stur im Nebel von Ethyl-Enisseli. Blieb und lächelte … Wem lächelte der in den wunderlichen Nebel Geratene zu? Vielleicht kam das Antlitz seines fernen Ahnen, der einen eiförmigen Fleck an der Seite und die Geliebte in Madrid hatte, mit dem genetischen Blutstrom aller Vorfahren Litschelis hoch, näherte sich Sandro, schaute ihm in die Augen und sagte: »Sandro!« Vielleicht sah seine lufthähnlich leichte Seele in einer moosbedeckten Grabstätte in Spanien die grünlich und durchsichtig gewordenen Knochen. Er schaute auf sie und erschauderte, weil er begriff, dass es seine eigene Grabstätte war, in der er in einem vorigen Leben beerdigt worden war und dass die Knochen ihm gehörten. Er begriff und lächelte …

Der Professor ordnete an, man solle seine Familie anrufen.

Erst jetzt wurde das nummernlose Zimmer besichtigt. Hier gab es Bücher, gelbe Blätter, hier gab es Papiervögel, Frösche, auf dem Fensterbrett stand ein großes Schiff mit weißen Segeln. Hier fanden sie eine Gitarre und mit Bleistift gezeichnete Bilder an den Wänden, auf den die im Garten spazierenden Kranken zu erkennen waren, die der Patient aus seinen Fenstern sehen konnte. Außerdem irgendwelche Inseln und irgendeine Stadt … Aber nirgends war ein Notizbuch mit Telefonnummern oder etwas Ähnliches zu finden …

In dem Auskunftsbüro fragte die diensthabende Krankenschwester nach Sandros Telefonnummer – es stellte sich heraus, dass es nur einen einzigen Sandro Litscheli in Tbilissi gab.

»Guten Tag! Sind Sie die Frau von Sandro Litscheli? … Gut, dass ich Sie erreiche. Wissen Sie, die Operation ist bereits beendet … Es wäre gut, wenn Sie ihn besuchten … Wäre das möglich? … Ein Missverständnis? … Wo? In Minwod? … Wie bitte? Auf einer Dienstreise? In Sochumi? … Ist er oft auf Geschäftsreisen? … Entschuldigen Sie bitte, wo arbeitet er? Ach so … Verzeihen Sie bitte, das muss ein Missverständnis sein …«

»Guten Tag! Sind Sie der Geschäftsführer? Verzeihung, wir rufen aus dem Krankenhaus an … Ihr Mitarbeiter Sandro Litscheli … Wieso ist er auf dem Lande? Wurde er nicht ins Krankenhaus eingeliefert? Seine Mutter ist krank? … Entschuldigen Sie bitte, ein Missverständnis …«

Der verblüfften Schwester überreichte der Professor, als sie ins nummernlose Zimmer zurückkehrte, einen Papiervogel, auf dessen Flügel die Telefonnummer sowie Vor- und Nachname einer Frau standen.

»Guten Tag! Sind Sie Frau Nelli? ... Verzeihen Sie, aber kennen Sie Sandro Litscheli? Sie kennen ihn, nicht wahr? ... Ja. Sie wissen bestimmt, er liegt im Krankenhaus ... Wir haben hier Ihre Telefonnummer gefunden, auf dem Vogel, ja, auf dem Vogelflügel ... Es wäre gut ... Die Operation ist bereits beendet ... Wie bitte? Ein Missverständnis? In Kutaissi? ... Hat vor drei Tagen mit Ihnen gesprochen? Abgereist vor elf Tagen? ... Verzeihen Sie bitte ... Ist ein Missverständnis, ein völliges Missverständnis ... Bitte was? Der Vogel? Ein gewöhnlicher Papiervogel! Haben Sie noch nie Papiervögel gesehen?«

Die diensthabende Schwester (zu sich selbst): »Ich werde hier wirklich verrückt, wer ist schlussendlich dieser Mann?«

In das nummerlose Zimmer tritt der Reanimationsarzt herein. Er sieht Sandro Litscheli an und schreit sofort auf: »Dieser Mann sieht Sandro Litscheli so ähnlich! Aber der ist doch nach Madrid gefahren!« Daraufhin setzt er ihm eine weitere Spritze.

Sandro Litscheli lächelt. Das Luftschiff hält über Madrid. Bald kommt es zurück nach Tbilissi. Es kommt zurück und wer weiß, wann es wieder fliegt ...

Sandro redet im Fieber, ja, das ist ein echtes Irrereden und niemand beachtet ihn:

»Wo bist du, mein Freund? ... Sie haben es mir herausgeschnitten ... Madrid ...«

»Donde estás, mi amigo, sale la luna ...«

»Der Mond steigt auf ...«

Oktober 1982

ANNEX

Кадмий лимонный: Cadmiumgelb
Minwod: Kurortstadt im Nordkaukasus
Rustavi: die industrielle Stadt in der Nähe von Tbilissi, aufgebaut während der Sowjetzeit, bekannt durch ihr metallurgisches Werk, das ständiger Gegenstand der Propaganda war.
Sarajischwili N 1: gemeint ist eine beruhigende Heilkräuter-Mixtur für Kinder von dem bekannten georgischen Mediziner Sarajischwili, die in Sowjetgeorgien sehr beliebt war und auch in allen Kinderkrankenhäusern angewandt wurde.
Sarajischwili N 2: gemeint ist ein Cognac, der nach dem Begründer der Cognac-Herstellung Georgiens, David Sarajischwili, benannt ist.
Sochumi: Stadt am Schwarzen Meer in der damaligen georgischen Provinz Abchasien
Wera, Saburtalo, Digomi: Stadtbezirke in Tbilissi.

NACHWORT

In Georgien muss man Naira Gelaschwili nicht vorstellen. Dort ist sie als Autorin, Übersetzerin und Politkerin bekannt, ihren autobiographisch geprägten Roman »Ich bin sie« etwa, über die unerfüllbare erste Liebe einer Dreizehnjährigen, die sich in einen studierenden Bewohner des Nachbarhauses verguckt, schenken sich bis heute Verliebte im ganzen Land.

Hierzulande ist das leider bislang noch anders. Dabei rühmt man Naira Gelaschwili gleich für drei große Leistungen.

Zum einen ist sie Germanistin und Übersetzerin aus dem Deutschen, so hat sie das Werk Rainer Maria Rilkes ins Georgische übertragen, aber auch Ingeborg Bachmann, Paul Celan, Friedrich Hölderlin und Georg Trakl. Man merkt an dieser kleinen Auswahl: Sie macht es sich nicht leicht.

Die 1947 im Ostgeorgischen Sighnaghi geborene Wissenschaftlerin lebt seit ihrem siebten Lebensjahr in Tbilissi, der georgischen Hauptstadt, von 1975 bis 1981 lehrte sie dort Germanistik, von 1982 bis 1990 wirkte sie als Lektorin, Übersetzerin und Mentorin im Staatlichen Übersetzerkollegium.

Von 1970 an war sie zehn Jahre lang mit dem deutsch-georgischen Philosophen und Schriftsteller Giwi Margwelaschwili verheiratet und bemühte und bemüht sich seither darum, dass dessen auf Deutsch verfasste Romane, Erzählungen und philosophische Abhandlungen in Georgien und in Deutschland größere Verbreitung finden.

Doch nicht nur als Germanistin kennen viele sie in Deutschland, sondern auch als politischen Kopf. 1993 begründete sie in der georgischen Hauptstadt ein Zentrum für kulturellen Austausch, Das kaukasische Haus, in dem sie sich um die friedliche Koexistenz der in der Region Kaukasus lebenden Völker verdient gemacht hat. Dort will sie religiöse und politische Gegensätze mithilfe kultureller Arbeit überwinden, zugleich kümmert man sich im Kaukasischen Haus um die Fortbildung des akademischen Nachwuchses und publiziert unermüdlich Texte aus anderen Kulturen. Die erste Übertragung des Korans in die georgische Sprache etwa geht auf die Initiative Gelaschwilis zurück.

Die auch in Westeuropa hoch angesehene Institution, der sie bis heute vorsteht, war vielfach unter den wechselnden Regierungen in Georgien umkämpft, doch immer wieder gelang es Gelaschwili, die Einrichtung zu erhalten – auch mithilfe vieler internationaler Solidaritätsadressen.

Vor allem aber ist die »wortgewaltige Publizistin«, wie sie der FAZ-Redakteur Tilman Spreckelsen nannte, eine der berühmtesten und verehrtesten Autorinnen der georgischen Gegenwartsliteratur. Und anders als viele ihrer Zeitgenossinnen und Zeitgenossen hat sie nach dem Zusammenbruch der Sowjetunion nicht ihren Mut und ihre Sprache verloren, im Gegenteil, sie veröffentlichte trotz ihrer Leitungsfunktion im Kaukasischen Haus und trotz ihrer Übersetzungstätigkeit zahlreiche Romane, Erzählungen und Gedichte.

In Deutschland sind ihre belletristischen Texte bis 2017, als erstmals der Roman »Ich bin sie« auf Deutsch vorlag, nur in Anthologien erschienen. 1997 wurde allerdings das von ihr in deutscher Sprache verfasste Sachbuch »Georgien – ein Paradies in Trümmern« im Aufbau Verlag veröffentlicht, in dem auch Gespräche mit Eduard Schewardnadse enthalten waren, dem sie von 1992 bis 1994 als Beraterin für Kulturpolitik und nationale Minderheiten gedient hatte.

Nun liegt endlich ihre Novelle »Ich fahre nach Madrid« vor. Naira Gelaschwili schrieb sie 1982 und bot sie der monatlich erscheinenden Zeitschrift »Ziskari« – zu Deutsch »Morgendämmerung« – an. Doch der zuständige Chefredakteur zögerte anderthalb Jahre, bis er es endlich wagte, den Text zu drucken. Die verärgerte

Autorin hatte ihr Manuskript zuvor schon zurückziehen wollen.

»Wie plötzlich aufgekommener frischer Wind, der ans Fenster schlägt und es weit aufmacht ...« – mit diesen Worten beschrieb seinerzeit ein bekannter Literaturkritiker den Eindruck, den die Novelle auf ihn ausübte. Die entsprechende Ausgabe der Zeitschrift, die immerhin in einer Auflage von rund 80.000 Exemplaren erschien, war nach einer Woche vergriffen.

Es stellte sich allerdings heraus, dass der Chefredakteur sich nicht geirrt und zurecht gezögert hatte. Er bekam einen Anruf vom Zentralkomitee der kommunistischen Partei Sowjetgeorgiens: Es sei schon entschieden, dass er wegen der Veröffentlichung »dieser antisowjetischen Erzählung« bald entlassen werden würde, wurde ihm mitgeteilt. »Ja, aber dort steht doch kein einziges Wort gegen die Sowjetunion!«, versuchte der Redakteur sich und den Text zu retten. Die Stimme des Anrufenden wurde noch eisiger: »Sie verstehen doch sehr gut und wir auch, dass dies nicht notwendig ist.« So hat es der damalige Chefredakteur berichtet.

Denn die Idee war naheliegend: Das Gefühl der Freiheit, obschon im Text die Freiheit ja nur im Traum erlangt wird, drang nach außen. Das Andere, Fremde, Ferne ist jedoch gefährlich für eine totalitäre Regierung.

Es ist ein Rudiment aus den Zeiten vor dem Regime, deshalb muss es verdammt werden, da es eine andere Sicht auf eine Gesellschaft ermöglicht. Gerade Georgien war eine Sowjetrepublik, in der sich die Sehnsucht nach der Unabhängigkeit, die Georgien 1918 für drei Jahre erlangt hatte, bevor die Rote Armee es überrannte, besonders lang erhalten hatte, noch lange nach der Okkupation kam es in Tiflis zu Unruhen.

Sollte es also wirklich zur Entlassung des Chefredakteurs der Zeitschrift »Ziskari« und zum Verbot der »Madrid«-Novelle kommen?

Die Sache entwickelte sich überraschenderweise ganz anders: Der Vorsitzende des Schriftstellerverbandes Georgiens, Nodar Dumbadse, dem die Novelle sehr gefallen hatte, setzte im Eiltempo durch, dass dem Text der Preis des Schriftstellerverbandes als »Beste Erzählung des Jahres« verliehen wurde. Da die Angelegenheit somit bereits eine große Öffentlichkeit gefunden hatte, und da es der Regierung wenig opportun erschien, sich dem Schriftstellerverband entgegenzustellen, wich das Zentralkomitee zurück. Der Chefredakteur behielt seine Stelle und druckte nach einem weiteren Jahr sogar einen kleinen Roman von Naira Gelaschwili über die Liebe (»Ambrni, Umbrni da Arabni«), der bis heute als einer der beliebtesten Romane in Georgien gilt.

Und auch »Ich fahre nach Madrid« erhielt nun weiteren Zuspruch. »Die vortreffliche Belebung der romantischen Ironie im literarischen Raum der (sowjetischen) Postmoderne« sah ein Kritiker in der Novelle.

Interessant ist, dass »Ich fahre nach Madrid« nicht allein im Kontext des Realsozialismus funktioniert. Vielmehr beschreibt der Text eine universelle Erfahrung – gestresst von Arbeit, ermüdet von der alltäglichen Routine sehnt man sich oft nach einem Raum, der von allem entfernt liegt, der in einem neue Kräfte weckt und die Kreativität herauskitzelt. Man sehnt sich nach einem »Madrid«, das man nicht mit einem Flugzeug oder einem Auto erreichen kann, denn es liegt in unserer Phantasie verborgen. Wir müssen nur die Zeit nehmen, es zu finden. Und dazu ermutigt diese Novelle der großen Schriftstellerin Naira Gelaschwili auch heute.

Jörg Sundermeier
Berlin, Januar 2018

VERBRECHER VERLAG

Naira Gelaschwili

ICH BIN SIE

Roman

176 Seiten
Leineneinband
22 €

ISBN: 978-3-95732-230-2

Die junge Nia ist verliebt in einen älteren Jungen, der gegenüber ihrer Wohnung in Tiflis wohnt. Er erhört sie nicht, doch sie richtet ihre Sehnsucht ganz auf ihn. Jahrzehnte später erhält sie erneut Kontakt zu dem Mann, und nun erinnert sie sich an den Gefühlssturm der ersten Liebe. So tritt die lebenserfahrene Nia mit ihrem jungen, ungestümen Ich in einen Dialog. Mit großem Raffinement gelingt es Naira Gelaschwili, die Gedanken der Pubertierenden ebenso lebhaft zu schildern wie die Gefühle der gealterten Frau, die sich zurückerinnert.

»Ich bin sie« war ein Bucherfolg in Georgien und noch immer schenken sich Liebespaare den Roman dort gegenseitig. 2013 wurde er als bester Roman des Jahres mit dem SABA-Preis, dem renommiertesten georgischen Literaturpreis, ausgezeichnet. Im Verbrecher Verlag erscheint er nun erstmals in deutscher Übersetzung.

VERBRECHER VERLAG

Giwi Margwelaschwili
BEDEUTUNGSWELTEN

Giwi Margwelaschwili im Gespräch mit Jörg Sundermeier

160 Seiten
Broschur
15 €

ISBN: 978-3-95732-239-5

Giwi Margwelaschwili wurde 1927 als Sohn georgischer Emigranten in Berlin geboren, seine erste Sprache war Deutsch. Seine Mutter litt unter Depressionen und starb, als er klein war. Sein Vater lehrte Philosophie und Orientalistik und engagierte sich im georgischen Widerstand gegen die Sowjetunion. 1946 wurde er vom sowjetischen Geheimdienst NKWD entführt, gemeinsam mit seinem Sohn Giwi. Der Vater wurde ermordet. Giwi Margwelaschwili wurde in Sachsenhausen interniert und anschließend nach Georgien verschleppt. Giwi Margwelaschwili hat Teile seiner Biographie in seinen Romanen um Kapitän Wakusch verarbeitet.

Jörg Sundermeier hat Margwelaschwili im Frühjahr 2016 an fünf Tagen zu seinem Leben und seinem Werk interviewt, dieses Interview wird durchbrochen und ergänzt durch kleinere Auszüge aus dem Werk. Hier zeigt sich der Philosoph und Ontotextologe Margwelaschwili ganz offen. Er erklärt den Einfluss der Philosophie von Husserl, Heidegger und Deleuze auf sein Werk, erzählt über sein Leben in der Sowjetunion und sein Leben zwischen den Welten nach dem Fall der Mauer.

So entsteht ein intimes Porträt des deutsch-georgischen Denkers und führt in das Werk dieses einzigartigen Erzählers der Erzähltheorie ein, in dem sich Philosophie und Erfahrungen der Emigration miteinander verbinden.

VERBRECHER VERLAG

Nino Haratischwili

JUJA

Roman

304 Seiten
Hardcover
24 €

ISBN: 978-3-940426-48-2

Beruhend auf einer wahren Geschichte stellt die erfolgreiche Theaterautorin Nino Haratischwili in ihrem ersten Roman die Frage nach Authentizität. Das Buch »Die Eiszeit« von Jeanne Saré wird in den Siebziger Jahren ein großer Verkaufserfolg, vor allem in feministischen Kreisen. Das hasserfüllte Buch der jugendlichen Selbstmörderin Saré animiert mehrere Leserinnen zum Suizid. Nun, in der Jetztzeit, macht sich eine Kunstwissenschaftlerin in Paris auf die Suche nach Saré. Was hat der Verleger des Buches, ein frauenhassender älterer Herr mit Saré zu tun? Wer war Jeanne Saré eigentlich? Warum gibt es keine Zeugnisse? Und wie konnte das Buch derart wirken? Nino Haratischwili verknüpft geschickt mehrere Erzählstränge in diesem Roman, und beschreibt auf schwindelerregende Weise, welche Bedeutung das Reale und das Irreale für das soziale Leben haben können.

Nino Haratischwili, geboren 1983 in Tiflis, Georgien. Von 2000 bis 2003 studierte sie Filmregie an der Staatlichen Schule für Film und Theater in Tiflis. 2007 folgte ein Regiestudium an der Theaterakademie Hamburg. Nino Haratischwili schreibt Prosatexte und Stücke in deutscher Sprache. Sie lebt als freie Regisseurin und Autorin in Hamburg.

»Nino Haratischwili ist eine begabte Geschichten-Erzählerin. Ihr gelingen dichte, berührende Momente.« Hamburger Morgenpost

Verbrecher Verlag | Gneisenaustraße 2a | 10961 Berlin | info@verbrecherei.de

www.verbrecherei.de